고전시가 신해석

부제목: 고전가요나 널리 쓰이는 말 중
뜻이 불명확한 단어나 구절 해석

고전시가 신해석

고전가요나 널리 쓰이는 말 중 뜻이 불명확한 단어나 구절 해석 ——

—— 유연덕 지음

좋은땅

머리글

뜻이 불명확한 단어나 구절에 대하여, 바른 뜻을 알고자 노력하여서, 거의 바른 뜻에 가깝게 새로이 해석됐다.

특기 사항 1; 우리 소리와 같거나 비슷한 한자를 찾아서, 한자 뜻을 적용하여 해석하였다. 한자의 뜻이 소리에 대하여 다수의 뜻을 갖고 있으므로, 다양하게 해석되고, 추가적인 새로운 해석이 나올 수 있다. 크게 저속하거나 비도덕적인 뜻이 되는 해석은 제외시켰다. 기존의 해석이 있는 것은, 불분명하거나 불충분한 것으로 여겨지는 경우, 다양한 해석의 하나(바른 해석을 비켜 가도, 비슷한 뜻으로 해석)로 생각할 수 있다.

특기 사항 2; 새 해석은 교육 분야, 학문 분야에 아직 알려지지 않았으므로, 공식적인 시험이나 학교 시험 때 이용하기는 적절하지 않으나, 홍보와 교육이 충분해지기 전에는 가설로 이용될 수 있다. 이 글은 한글, 한자와 그 뜻을 함께 표기하여서, 쉽고 편리한 교육 자료로 이용될 수 있다.

특기 사항 3; 한자의 유용성

옛날부터 썼으므로 현재 우리말의 대부분이 한자가 갖는 소리와 뜻을 유지하고 있다. 같은 소리가 많은 뜻을 갖고 있으므로, 다양한 표현이 된다. 뜻글자이므로 적은 수의 문자로 긴 한글 뜻을 표현한다.

특기 사항 4; 새 해석의 의의

고전가요나 널리 쓰이는 말은 오래전부터 선조의 순수한 생활 정서, 생각, 뜻과 지혜를 담은 민족의 보물이다. 국민 교양과 민족 정서를 고양시키는 데 기여한다. 선조에 대하여 큰 존경과 감사를 드린다. 우리 고전문학은 선조가 주신 민족과 국가의 보물이다. 보물을 보존하고, 유지하고, 애창하고 애송하는 것은 교육 문화 관계자와 국민 전체의 사명, 책임과 의무이다. 특히 교육과 문화 부문 관계자는 교육, 홍보와 실천을 위해, 능동적으로 계획하고 실행할 필요가 있다.

특기 사항 5; "지국총" 해석으로 원작가의 예언 실현

"~~ 또 훗날 창주에서 거처할 일사가 반드시 나의 이 마음과 뜻이 부합하여 백세의 세월을 넘어 느낌이 일지 않으리라고는 못할 것이다. ~~" (어부사시사, 나무위키, 인터넷 네이버 검색, "3. 부연, 끝에서 6째 줄"에서 인용함)

전체부에 있는 "지국총" 해석으로 인하여, 인용한 것과 같은 원작가의 예언이 세월(삼백칠십여 년)을 넘어, 일부분 실현된 것으로 느낀다.

2025년 2월 14일

차례

가.
요약부; 요약한 해석

나.
전체부; 다양한 새 해석 모두 기록

초록

청산별곡과 서경별곡 중 일부분과 널리 쓰이는 말에서, 뜻이 불분명한 단어나 구절에 대하여 새로운 해석을 한다.

1. 청산별곡

1) 이 논문 이전에는, 원문 "새"를 하늘을 나는 "새"로 설명하고 있으나, 본 논문에서는 물속에 사는 "사어(沙魚)"로 해석한다.

2) 원문 "잉무든 장글란"은 "잉아 묶은 물에 잠그는 가름대"로 해석한다. 나무 막대기 2개를, 막대기 끝과 다른 막대기 끝을 끈으로 연결하고, 물 표면에 약간 잠기게 위치시키면, 물결 흐름이나 움직임이 약하게 되어, 물 아래 물체를 흔들림 없이 볼 수 있는 도구.

3) 원문 "얄리얄리 얄랑셩 얄라리 얄라"를 한자로 표시하고, 한자 뜻으로 해석하면, 소리는 원문에서 변화,

"야리야리 야랑셩 야라리 야라(揶㒩揶㒩 揶浪盛 惹懶理 惹懶)"

"야유하며 근심하고, 야유하며 근심하며, 야유가 파도 물결처럼 많아져서, 게을러지고 게으르게 한다"

"야(揶)"의 뜻; 야유할   "리(㒩)"; 걸릴, 근심하다   "랑(浪)"; 파도

"셩(盛)"; 성할   "야(惹)"; 이끌   "라(懶)"; 게으를

"이(理)"; 다스릴

2. 서경별곡

1) 원문 "아즐가"를 한자로 표시하면, "아졸가(我拙訶)"이며, 소리가 원문과 같이 변화, 한자 뜻으로 해석하면, "내가 옹졸하여 꾸짖네"

"아(我)"; 나　　"졸(拙)"; 옹졸할　　"가(訶)"; 꾸짖을

2) 원문 "다링디리"를 한자로 표시하면, "다리잉두리(多理仍杜離)"이며, 소리가 원문과 같이 변화, 한자 뜻으로 해석하면, "많이 보살핌으로 인하여 이별을 막는다"

"다(多)"; 많을

"리(理)"; 다스리다, 국가나 사회, 단체, 집안의 일을 보살펴 관리하고 통제하다

"잉(仍)"; 인할　　"두(杜)"; 막을　　"리(離)"; 떠날

3. 널리 쓰이고 있으나 불명확한 단어나 구절 (1차)

1) 원문 "아리랑 아리랑 아라리요, 쓰리랑 쓰리랑 쓰라리요"를 한자로 표시하면,

"알리랑 알리랑 알알리요(閼離朗, 閼離朗, 知 閼離了)"

"쓰리랑 쓰리랑 쓰알리요(苦離朗, 苦離朗, 苦 閼離了)"

소리의 설명;

지(知)의 뜻이 "알"이며, "향가표기방법"으로, 뜻의 발음을 이용, 소리는 "알"이 된다.

고(苦)의 뜻이 "쓴"이며, "향가표기방법"으로, 뜻의 발음을 이용, 소리는 "쓴"이 되어 "쓰" 로 변화된다.

해석하면;

이별하는 님 가로막네, 이별하는 님 가로막네, 아십니까, 이별을 가로막는 것

쓴 이별하는 님, 쓴 이별하는 님, 쓴 이별 가로막는 것이요

"알(閼)"; 가로막을　　"리(離)"; 떠날　　"랑(郎)"; 사내

"지(知)"; 알(뜻으로 발음, 향가식 표기)　　"요(了)"; 마칠

"고(苦)"; 쓸(뜻으로 발음, 향가식 표기)

2) 원문 "지화자, 좋구나"를 한자로 표시하고, 해석하면,

지화자(持貨資), 좋구나

"가지는구나, 내기 걸은 돈이나 재물, 좋구나"

“지(持)”; 가질   “화(貨)”; 재물   “자(資)”; 재물

4. 결론

새로운 해석을 하여 불명확한 부분에 대한 뜻, 원작자의 의도를 찾으며, 숨겨진 추가적인 의미도 찾는다. 해당 고전가요와 말의 이해에 도움이 된다. 우리의 정서 함양에 기여한다.

주제어

장글란, 얄리얄리, 얄량셩, 에정지, 아즐가, 위두어렁셩, 다링디리, 청산별곡, 서경별곡

어긔야, 어강됴리, 아으, 다롱디리, 위증즐가, 나난, 위덩더둥셩, 동동다리, 닐리리야, 니나노,

난실로, 에루화, 에헤요, 어허야, 정읍사, 가시리, 사모곡, 동동

지국총, 어사와, 어부사시사, 다로러거디러, 더러둥셩, 다리러디러, 다로러, 위위, 쌍화점, 다롱디우셔,

마득사리, 마득너즈세, 너우지, 열명, 이상곡, 삭삭기, 셰몰애, 나난, 여해아와지이다, 정석가

아리랑, 두둥실, 강강술래, 옹헤야, 아뿔싸, 짝짜꿍, 아이고, 으라차차, 싸가지, 어머나

가.

요약부;
요약한 해석

1. 청산별곡

(원문); 얄리얄리 얄랑셩 얄라리 얄라

(해석); 야리이 야리이 야랑셩 야라리 야라(野狸夷 [野狸夷] 野狼盛 野喇理 [野喇])

들 삵같은 오랑캐, [들 삵같은 오랑캐], 들 이리 많아졌네, 들에서 나팔 불어 쫓아내라 [들에서 나팔 불라]

"야(野)"의 뜻; 들　　"리(狸)"; 삵　　"이(夷)"; 오랑캐

"랑(狼)"; 이리　　"셩(盛)"; 성할　　"라(喇)"; 나팔

"리(理)"; 다스리다, 어지러운 일이나 상태를 수습하여 바로잡다.

야리이[野狸夷]("들 삵같은 오랑캐" 모양 연기하라), 야라[野喇]("나팔 부는" 모양 연기하라); 보언(報言)[1](공연할 경우 "배우가 연기 동작을 하라"고 지시한다)으로 추정한다, 또는 구절의 의미를 반복 표현하는 것으로 추정한다.

(상세해설); 오랑캐 북방 민족 세력이 침략하여 약탈하여, 백성 생활이 어려워지고, 생명의 위협을 받으며 살아갈 때, 나팔 불며 군사 작전하여 오랑캐를 물리쳐 달라고 소원함.

(원문);
새
잉무든 장글란
얄리얄리 얄라셩 얄라리 얄라

(해석);

가던 사어(沙魚; 잉엇과의 민물고기) 가던 사어 본다 물 아래 가던 사어 본다,

잉무든 장글란(欒)(잉아 묶은 물에 잠그는 가름대) 가지고 물 아래 가던 사어 본다

“사(沙)”; 모래   “어(魚)”; 고기, 물고기   “란(欒)”; 가름대(가로지른 나무 막대기)

“잉아”; 베틀의 날실을 한 칸씩 걸러서 끌어 올리도록 맨 굵은 실

“잉무든 장글란”은 “굵은 실로 가름대 2개를 연결시킨 도구”; 물 흐름의 영향을 감소시켜, 물 밑의 물체가 변형되어 보이지 않고, 바르게 보이는 역할을 한다.

야리이 야리이 <u>야라성</u> 야라리 야라(野狸夷 [野狸夷] 野喇盛 野喇理 [野喇])

들 삵같은 오랑캐, 들 삵같은 오랑캐, <u>들나팔 소리 많아졌네</u>, 들에서 나팔 불어 쫓아내라

“야(野)”; 들   “리(狸)”; 삵   “이(夷)”; 오랑캐

“라(喇)”; 나팔   “성(盛)”; 성할   “리(理)”; 다스리다, 어지러운 일이나 상태를 수습하여 바로잡다.

(원문);

에정지

사슴이 짐ㅅ대

(해석);

에워싼 정지지(애정지(曖整地); 에워싼 농사짓는 땅) 가는 중에 듣는다,

권세가는 장막을 두른 장소에서 해금 연주하는 것을 듣는다.

“애(曖)”; 가릴   “정(整)”; 가지런할   “지(地)”; 땅

“사슴”은 황제의 지위를 의미(고사성어에서 중원축록(中原逐鹿); 넓은 들판에서 사슴을 쫓는다, 황제의 지위를 다툰다)하며, 여기서는 지역의 “권세가”로 해석한다.

짐대; 당(幢)을 달아 세우는 대, “당(幢)”은 수레휘장(휘장(揮帳); 피륙을 여러 폭으로 이어서 빙 둘러치는 장막)을 말함, 따라서 “짐대”는 “장막을 두른 장소”로 해석.

2. 서경별곡

(해석); (아래)

(원문); 아즐가

아졸가(我拙訶), 내가 옹졸하여 꾸짖네

"아(我)"; 나　　"졸(拙)"; 옹졸할　　"가(訶)"; 꾸짖을

(원문); 위 두어렁셩

위 두어로어성(謂杜語怒語成), 이르기를, 안할 말이나 화나게 하는 말 된다

"위(謂)"; 이를　　"두(杜)"; 막을　　"어(語)"; 말씀

"노(怒)"; 노할　　"성(成)"; 이룰

(원문); 다링디리

다리잉지리(多理仍止罹), 많이 보살핌으로 인하여 근심을 그치게 한다

"다(多)"; 많을　　"리(理)"; 다스릴　　"잉(仍)"; 인할

"지(止)"; 그칠　　"리(罹)"; 근심, 걸릴

(원문); 셔울히 마르는

서울이 아닌(아니한, 아니하는)

(원문); 닷곤 대

(해석 1)

답곤 대(踏梱臺), 문턱 대를 밟으며 들어가네

"답(踏)"; 밟을　　"곤(梱)"; 문지방, 문턱　　"대(臺)"; 대, 무대

(원문); 쇼셩경 괴마른

소셩경을 사랑하지 않는

(원문); 바회예 디신 들

"구슬이 바퀴에 내리눌린들" 또는 "구슬이 바위에 내리눌린들"

"바회"의 뜻; 바퀴의 옛말 또는 바위의 옛말.

"디신"의 원형은 "딛다"이며, "딛다"는 "디디다"의 준말이다, "디디다"의 뜻은 "발을 올려놓고 서거

나 발로 내리누르다"이다.

(원문); 긴히ㅅ던(쓰던)

긴히ㅅ던(쓰던) ≫ 긶이ㅅ던(쓰던) ≫ 끈 이 ㅅ던(쓰던) ≫ 끈 이(以) 쓰던,

끈으로 쓰던 (것을)

"이(以)"; ~써, ~로, ~를 가지고

(원문); 긴힛ㅅ던(쓰던) 그치리잇가

긴힛ㅅ던(쓰던) ≫ 긶잇ㅅ던(쓰던) ≫ 끈 잇 ㅅ던(쓰던) ≫ 끈 이어 ㅅ던(쓰던),

끈 이어 쓰던 (것을) 그치리까

"이어" 의 동사 원형은 "잇다"이며, 뜻은 "두 끝을 맞대어 붙이다"

(원문); 나난, 나난(那難), "어찌 꺼리나" 또는 "어찌 어려운가"

"나(那)"; 어찌   "난(難)"; 어렵다, 꺼리다

(원문); 럼난디,

"네 가시 넘어서 지나다닌지를 몰라서", 또는, "네 가시 행동이나 말이 분수에 넘친지를 몰라서"

원문은 "넘난지" 의 변화된 표기이며 동사형은 "넘나다"

"넘나다"; 분수에 넘치다, 넘어서 지나다니다

3. 정읍사

(해석); (아래)

(원문); 어긔야, 어기야(於祈也), 비는것에 의지하느냐

"어(於)"; 어조사(~에, ~에서), 의지하다   "기(祈)"; 빌

"야(也)"; 어조사(~이다, 느냐?, 도다, 구나), 잇기

(원문); 어강됴리, 어강도리(御康導理), 편안하게 모시고 보살펴주게 인도하소서

"어(御)"; 거느릴, 다스리다   "강(康)"; 편안할

"도(導)"; 인도할   "리(理)"; 다스릴

(원문); 아으, 아유(我諭), 내가 타이른다

"아(我)"; 나   "유(諭)"; 타이를

(원문); 다롱디리, 다롱지리(多弄止理), 많이 놀면 보살피지 못한다

"다(多)"; 많다   "롱(弄)"; 놀다   "지(止)"; 그칠   "리(理)"; 다스릴

(원문); 즌 대를

준대(樽黛)를, 술잔과 눈썹먹 그린 여인을

"준(樽)"; 술통, 술잔, 술단지   "대(黛)"; 눈썹먹, 눈썹먹으로 그린 눈썹, 여자의 눈썹

(원문); 드대욜세라

드대 요(樂) (ㄹ)세라, 들이대어 좋아할세라

"요(樂)"; 좋아할

(원문); 어느이다

어노이다(御露易茶), 술을 절제하여 차로 바꾸라

"어(御)"; 거느릴, 다스리다   "노(露)"; 좋은 술, 이슬   "이(易)"; 바꿀

"다(茶)"; 차

(원문); 노코시라

노고시라(勞苦市羅), 힘들여 수고하고 장사하는 물건 벌여 놓으니

"노(勞)"; 일할   "고(苦)"; 쓸, 괴로울   "시(市)"; 저자, 시장, 장사

"라(羅)"; 벌일   "노고(勞苦)"; 힘들여 수고하고 애씀

(원문); 내 가논 대

내 가논 대(奈訶論黛), 어찌할고 책망하네, 눈썹먹으로 그린 여인을 말하네

"내(奈)"; 어찌할고, 어찌   "가(訶)"; 책망하다   "논(論)"; 논하다, 서술하다

"대(黛)"; 눈썹먹, 여자의 눈썹, 눈썹먹으로 그린 눈썹

(원문); 졈그랄셰라,

졈(占)그를셰라, 차지하여 잘못될셰라

"졈(占)"; 점령할, 차지하다, 점치다

"그를"의 동사 원형은 "그르다", 뜻; 어떤 일이나 형편이 잘못되다

4. 가시리

(원문); 나난,

(해석); 나난(那難), "어찌 꺼리나" 또는 "어찌 어려운가"

"나(那)"; 어찌   "난(難)"; 어렵다, 꺼리다

(원문); 위 증즐가,

(해석); 위 증즐가 대평성대(謂 贈櫛嫁 大平盛代)

머리빗 주고 시집가라고 일컬으니, 많은 백성이 고르게 번성하는 시대네

"위(謂)"; 일컬을   "증(贈)"; 줄   "즐(櫛)"; 머리빗, 타다 남은 초

"가(嫁)"; 시집갈   "대(大)"; 큰   "평(平)"; 평평할

"성(盛)"; 성할   "대(代)"; 대신할, 시대

"대평성대(大平盛代)"; 많은 백성이 고르게 번성하는 시대

5. 사모곡

(해석); (아래)

(원문); 날히어신 마라난,

날 히어신(新) 안하는데 ≫ 날 히어 처음에 않는데 ≫ 날 세게 처음에 않는데,

날 세게 처음에 않는데,

"히다"; '세다'의 방언   "신(新)"; 새, 새로운, 처음, 처음으로

"마라난"의 동사 원형은 "말다", 뜻; 아니하다

(원문); 어이이신 마라난,

어이이신(裏神) 안하는데 ≫ 어이 가슴속 정신으로 안하는데 ≫ 어머니 가슴속 정신으로 안하는데,

어머니 가슴속 정신으로 안하는데,

"어이"; 짐승의 어미   "이(裏)"; 가슴속, 속

"신(神)"; 정신, 혼, 귀신   "마라난"의 동사 원형은 "말다", 뜻; 아니하다

(원문); 위 덩더둥셩

위 정저주서(謂 丁底姝鋤)

장정이 고무래로 땅을 고르지만, 곱고 연약한 어머니는 호미로 김매는 것을 일컨네

"위(謂)"; 일컬을   "정(丁)"; 장정, 고무래   "저(底)"; 밑, 바닥, 속, 내부

"주(姝)"; 곱다, 연약한   "서(鋤)"; 호미, 김매다

6. 동동

(해석); (아래)

(원문); 곰배, 곤배(琨杯), 아름다운 돌이나 옥돌로 만든 그릇

"곤(琨)"; 옥돌, 아름다운 돌　　"배(杯)"; 그릇, 잔, 대접

(원문); 받잡고, 받아 붙들어 손에 넣고

받아 잡다 ≫ 받아 잡고 ≫ 받아 붙들어 손에 넣고

"받잡고"의 동사 원형은 "받잡다"이며, '받아 잡다'의 줄임말,

"받다"; 물건 따위를 가지다　　"잡다"; 붙들어 손에 넣다

(원문); 림배, 인배(璘杯), 옥빛이나 옥의 광채가 나는 그릇

"인(璘)"; 옥빛, 옥의 광채　　"배(杯)"; 그릇, 잔, 대접

(원문); 호날 나서라 오소이다, 혼(魂)을 나서라(하고) 오시옵소서

"혼(魂)"; 마음, 생각, 넋

(원문) 아으 動동動동다리

아의 동동다리(我依 動動多裏)

내가 의지한다, 마음이나 사물을 움직여서, 속마음 아름답게 여기소서

"동(動)"; 움직일　　"다(多)"; 아름답게 여기다, 많을　　"리(裏)"; 속, 마음

"아(我)"; 나　　"의(依)"; 의지하다

7. 경기민요 닐리리야

(해석); (아래)

(원문); 닐리리야

닐이이야(尼㒎怡也), 근심말고 기뻐하자

"닐(尼)"; 말릴　　"니(尼)"; 여승　　"이(㒎)"; 근심하다

"이(怡)"; 기쁠　　"야(也)"; (어조사), ~이다, 느냐?, 도다, 구나, 잇기

(원문); 니나노, 니나노(尼喇努), 나팔 가지고 열심히 불자

"니(尼)"; 가까이 하다　　"나(喇)"; 나팔　　"노(努)"; 힘쓸

(원문); 난실로, 난실노(難悉老), 완전히 늙어 가기 싫다

"난(難)"; 어려울, 꺼리다　　"실(悉)"; 다, 남김없이, 깨닫다　　"노(老)"; 늙을

8. 경기민요 오봉산 타령

(해석); (아래)

(원문); 에루화, 애루화(愛屢花), 여러 가지 꽃 사랑하자
"애(愛)"; 사랑　　"루(屢)"; 여러　　"화(花)"; 꽃

(원문); 에헤요, 애해요(愛偕謠), 함께 사랑하고 노래하세
"애(愛)"; 사랑　　"해(偕)"; 함께　　"요(謠)"; 노래

(원문); 어허야, 어허야(於虛也), 헛된 것을 의지하는구나
"어(於)"; 어조사(~에, ~에서), 의지하다　　"허(虛)"; 빌, 헛되다
"야(也)"; 어조사(~이다, 구나)

9. 어부사시사

(해석); (아래)

(원문); 지국총(至匊恩) 지국총(至匊恩) 어사와(於思臥),

(해당 한자는 원본에서 비롯하고, 해석은 새로운 것임)

바쁘게 손으로 움켜내고, 서둘러 움켜내고, 생각에 잠기며, 쉰다

(그물에 잡힌 물고기를 그물에서 떼어내는 일, 또는 논이나 밭의 잡초를 뽑는 일, 추수 때 논에 익은 벼 포기를 움켜잡아 낫으로 자르는 일, 베틀에서 베 짜는 일, 볏짚으로 가마니와 비슷한 자루(섬) 만드는 일, 옷감에 수를 놓는 일이나 바느질하는 일의 동작의 일부분을 묘사함)

"지(至)"; 이를, (영향을) 미치다, 도달하다   "국(匊)"; 움켜뜰, 움킬

"총(恩)"; 바쁠, 서두르다, 총명하다   "어(於)"; 어조사(~에, ~에서), 의지하다

"사(思)"; 생각   "와(臥)"; 휴식하다, 누울, 엎드리다

10. 쌍화점

(해석); (아래)

(원문); 가고신댄

가고신대인(加告愼待燐), 알리고 신중하게 기다리는데 도깨비불같이

"가(加)"; 더할　　"고(告)"; 알릴　　"신(愼)"; 삼갈

"대(待)"; 기다릴　　"인(燐)"; 도깨비불(까닭 없이 저절로 일어나는 불)

(원문); 다로러거디러

다로어거지어(茶路於遽摯御), 길가의 찻집에서 갑자기 손을 붙잡다

"다(茶)"; 차　　"로(路)"; 길, 도의, 도리　　"어(於)"; 어조사(~에, ~에서)

"거(遽)"; 급할, 갑자기　　"지(摯)"; 잡을　　"어(御)"; 다스리다, 거느리다

(원문); 더러둥셩, 절어두서(絶於杜緒), 가로막아서 시초를 막다

"절(絶)"; 끊다　　"어(於)"; 어조사(~에, ~에서)　　"두(杜)"; 막을

"서(緒)"; 시초, 실마리

(원문); 다리러디러, 다리어지어(茶離於至禦), 찻집을 떠나가서 멈추었다

"다(茶)"; 차　　"리(離)"; 떠날　　"어(於)"; 어조사(~에, ~에서)

"지(至)"; 이를　　"어(禦)"; 막을, 멈추다

(원문); 다로러, 다로어(茶路於), 길가의 찻집에서

"다(茶)"; 차　　"로(路)"; 길, 도의, 도리　　"어(於)"; 어조사(~에, ~에서)

(원문); 위 위, 위 위(謂爲), 행동한 것을 말하는 것이다

"위(謂)"; 일컬을   "위(爲)"; 할

(원문); 그 잔 대가티 덤ㅅ거츠니 업다

그 잔대(殘黛)같이, 더하거나, 겹쳐서, 곱지 않은 것이 없거나, 험한 것이 없다

(그 잔대(그린 눈썹 남은 것)가 가장 곱지 않거나, 가장 험하다) 또는,

(그 잔대(그린 눈썹 남은 것)가 있는 여인이 가장 곱지 않거나, 가장 험하다)

"잔(殘)"; 남을   "대(黛)"; 눈썹먹, 눈썹먹으로 그린 눈썹, 여자의 눈썹

"잔대(殘黛)"; 눈썹먹 그린 후 (그린 눈썹) 남은 것

"거칠다"의 뜻; 나무나 살결이 곱지 않고, 험하다, 꼼꼼하지 못하거나 야무지지 못하다

"덤ㅅ거칠다"의 뜻; 더하거나, 겹쳐서, 나무나 살결이 곱지 않고, 험하다

"덤ㅅ거츠니"의 뜻; 더하거나, 겹쳐서, 곱지 않고, 험한 사물, 장소나 사람

(원문); 쌍화점(雙花店)

쌍화점(雙譁店), 둘의 수다로 시끄러운 가게

"쌍(雙)"; 두, 둘, 쌍   "화(花)"; 꽃, 꽃 형상을 한 물건   "점(店)"; 가게, 여관

"화(譁)"; 시끄러울

원문의 제목보다 '더 적합할 수 있다'는 의견을 제시함.

11. 이상곡(履霜曲)

(해석); (아래)

(원문); 서린 석석사리, 설인(雪因) 석석사리리(析石徙履唎),

눈으로 인한, 쪼개진 돌 밟고 옮겨 걸어서, 가는 소리 나는

"이(履)"; 밟을   "상(霜)"; 서리   "곡(曲)"; 굽을, 가락, 악곡

"설(雪)"; 눈   "인(因)"; 인할   "석(析)"; 쪼개다   "석(石)"; 돌

"사(徙)"; 옮길   "리(履)"; 밟을   "리(唎)"; 가는 소리

(원문); 다롱디우서

다롱지우서(多弄至憂緖), 많이 놀면 근심 생기는 실마리 된다

"다(多)"; 많다   "롱(弄)"; 희롱할, 놀다   "지(至)"; 이를

"우(憂)"; 근심   "서(緖)"; 실마리, 시초

(원문); 마득사리

마득사리(魔得邪理), 마귀는 간사한 생각 갖고 다스린다

"마(魔)"; 마귀, 악귀   "득(得)"; 얻을   "사(邪)"; 간사할

"리(理)"; 다스리다

(원문); 마득너즈세

마득어조세(魔得語操世), 마귀는 말로 인간을 조종한다

"마(魔)"; 마귀, 악귀   "득(得)"; 얻을   "어(語)"; 말

"조(操)"; 잡을, 조종하다   "세(世)"; 인간, 세상

(원문); 너우지

어우지(御憂止), 근심을 다스려서 그치게 한다

“어(御)”; 다스리다   “우(憂)”; 근심   “지(止)”; 그칠

(원문); 잠ㅅ다(시있다)간 내 니믈 너겨

잠(暫)시 있다 간 내 님을(으로) 여겨, 잠시 있다 간 내 님을(으로) 여겨

“잠(暫)”; 잠깐

(원문); 깃단 열명 길헤

기(祇) 있다는 열명(烈冥) 길에, 땅귀신 있다는 사나운 황천 가는 길에

“기(祇)”; 땅귀신   “열(烈)”; 세찰, 사나울   “명(冥)”; 어두울, 황천

(원문); 죵죵벽력(霹靂) 아, ≫ 죵죵벽력(慫鐘霹靂) 아아(啞餓)

종소리, 벼락, 천둥과 까마귀 우는 소리에 놀라 두렵고, 굶주려 괴로운

“죵(慫)”; 놀라 두려워하다   “죵(鐘)”; 쇠북, 종   “벽(霹)”; 벼락, 천둥

“력(靂)”; 벼락, 천둥   “아(啞)”; 까마귀 우는 소리   “아(餓)”; 주릴, 굶주림

(원문); 고대셔 싀여딜 내 모미, ≫ 고대(苦待)해서 시(施)여질 내 몸이,

“몹시 기다려서 행해질 내 몸이”, 또는 “이제 막 행해질 내 몸이”

“고(苦)”; 쓸, 괴로운   “대(待)”; 기다릴   “고대(苦待)”; 몹시 기다림

“고대”; 이제 막, 바로 곧,   “시(施)”; 행하다, 실시하다, 베풀

(원문); 년 뫼를거로리, ≫ 연(緣) 뫼를 걸(乞)리라 ≫ 연분 있는 뫼를 걸(乞)리라,

연분 있는, 무덤(속 사람)을 구걸하겠다,

“년(緣)”; 인연, 연분   “뫼”; 사람의 무덤   “걸(乞)”; 빌, 구걸하다

(해설; 불가능한 방법을 생각하는 심정을 표현함)

(원문); 이러쳐 뎌러쳐, 이러쳐 뎌러쳐, ≫ 이러하게 치(治)어 저러하게 치(治)어,

이러하게 치(治)여 저러하게 치(治)여, 맺은 기약이 있사오리까 ≫

이러하게 살피고 저러하게 살피어, 이러하게 보살핌을 받고 저러하게 보살핌을 받아, 맺은 ~

"치(治)"; 다스릴, (질서가) 바로잡히다

"다스리다"; 국가나 사회, 단체, 집안의 일을 보살펴 관리하고 통제하다

(원문); 한대 녀젓 긔약(期約)이이다, 한대(寒待) 여겨시(時) 기약이이다(期約以彛多)

소홀히 대접하여 얹은(더 덧붙이다) 때 기약(期約)으로 변하지 않아 아름답게 여기다

"한(寒)"; 찰   "대(待)"; 기다릴

"한대(寒待)"; 정성을 들이지 않고 아무렇게나 하는 대접

"여져"의 동사 원형은 엿다, 뜻은; '얹다(위에 올려놓다)'의 옛말,

"시(時)"; 때   "기(期)"; 기약할   "약(約)"; 묶을

"이(以)"; ~써, ~로, ~를 가지고   "이(彛)"; 떳떳할, 변하지 않다

"다(多)"; 많을, 아름답게 여기다, 더 좋다, 낫다

고전시가 신해석

12. 정석가

(해석); (아래)

(원문); 삭삭기 셰몰애 별헤

삭삭기 세몰애 별해(朔朔起 歲歿厓 瞥垓),

초하루(음력 매월 1일) 처음 시작하여 일 년이 끝나는 한계에서, 깜짝할 지경에

"삭(朔)"; 초하루, 시초, 처음, 음력 매월 1일   "기(起)"; 시작하다, 일어날, 비롯하다

"세(歲)"; 해   "몰(歿)"; 끝나다, 죽을

"애(厓)"; 끝, 한계, 언덕, 낭떠러지, 물가   "별(瞥)"; 깜짝할, 잠깐 보다, 눈을 깜짝하다

"해(垓)"; 지경(땅의 가장자리, 경계), 땅끝

(원문); 나난

나난(那難), "어찌 꺼리나" 또는 "어찌 어려운가"

"나(那)"; 어찌   "난(難)"; 어렵다, 꺼리다

(원문); 여해아와지이다

여해아와지(閭邂訝臥至)이다,

마을의 문에서 우연히 만나 영접하여 엎드리다

"여(閭)"; 마을의 문   "해(邂)"; 우연히 만날   "아(訝)"; 영접하다, 의심하다

"와(臥)"; 엎드리다(공손히 받들어 모심)   "지(至)"; 이를

(원문); 삼동(三同)이 퓌거시아

옥으로 연꽃을 새기고, 접을 붙이고, 꽃이 피고(1회),

1회 후에, 같게 하여, 꽃이 피고(2회),

2회 후에, 같게 하여, 꽃이 피고서야(3회)

"삼(三)"; 석   "동(同)"; 한가지, 무리, 함께

13. 널리 쓰이고 있으나 불명확한 단어나 구절 (1차)

(해석); (아래)

(원문); 아리랑

아리랑 아리랑 아라리요(我離郎 我離郎 知我離了)

쓰리랑 쓰리랑 쓰라리요(苦離朗 苦離朗 苦我離了)

나의 이별하는 님, 나의 이별하는 님, 아십니까 내 이별을요

쓴 이별하는 님, 쓴 이별하는 님, 쓴 내 이별이요

"아(我)"; 나   "리(離)"; 떠날   "랑(郎)"; 사내   "요(了)"; 마칠

"지(知)"; 알(뜻으로 발음, 향가식 표기), 지아(知我) ≫ 알아 ≫ 아라

"고(苦)"; 쓸(뜻으로 발음, 향가식 표기), 고아(苦我) ≫ 쓸아 ≫ 쓰라,

고리(苦離) ≫ 쓸리 ≫ 쓰리

(원문); 쾌지나칭칭나네,

쾌지 나칭칭 나네(快至 拏稱稱 拏來)

상쾌하고 즐거우네, 붙잡아서 곡식 무게를 달고, 무게를 달고, 곡식을 붙잡고 오네

(수확한 곡식의 무게를 달며 마음이 즐거운 것을 표현)

"쾌(快)"; 상쾌하고 즐거운 느낌,   "지(至)"; 이를   "나(拏)"; 붙잡을

"칭(稱)"; 곡식 무게를 달다, 저울질하다   "래(來)"; 올

(원문); 어기야 디야 어기여차,

어기야 지이야 어기여차(漁企也 之移也 漁企與蹉)

물고기 잡으러 가자, 옮겨 가세, 고기 잡으러 더불어 미끄러져 가자

"어(漁)"; 고기 잡을   "기(企)"; 바랄   "야(也)"; 어조사(~구나, ~이다)

"지(之)"; 갈   "이(移)"; 옮길   "여(與)"; 더불어

"차(蹉)"; 미끄러질

(원문); 영치기 영차

영치기 영차(營熾氣 永嵯), 기운을 많게 하여, 길게 하며, 우뚝 솟게 하자

"영(營)"; 경영할, 꾀하다, 짓다   "치(熾)"; 성할   "기(氣)"; 기운

"영(永)"; 길게 하다, 길   "차(嵯)"; 우뚝 솟을

줄당기기 놀이할 때, "영치기 영차"를 외쳐서, 선수들이 힘 쓰는 시간의 시작을 같게 하여, 힘의
크기가 최대가 되게 함.

현재 위 해석과 같거나, 비슷한 뜻으로 사용되며, 한자 표기와 뜻을 참고할 수 있다.

(원문); 얼씨구씨구, 들어간다, 절씨구씨구, 들어간다, "각설이 타령"의 구절

얼씨구 시구(孼氏求 [示軀]) 들어간다

절씨구 시구(節氏求 [示軀]) 들어간다

얼굴 씻구(孼氏求) 몸을 보이는 동작을 하며 [시구; 示軀][2] 들어간다

저를 씻구(節氏求) 몸을 보이는 동작을 하며 [시구; 示軀] 들어간다

"얼(孼)"; 근심, 서자   "씨(氏)"; 성씨   "구(求)"; 구할

"시(示)"; 보일,   "구(軀)"; 몸   "절(節)"; 마디

각설이가 동냥을 얻으러 집에 들어갈 때, 깨끗하게 하고 [몸을 보이는 동작을 하며] 들어간다.

"얼(孼)"의 해석은 한자 뜻이 아닌, 발음인 "얼"로 해석한다. "얼"은 "얼굴"의 줄임말이 되기도 한다.

"시구(氏求)"의 해석은 한자 뜻이 아닌, 발음인 "씨구" ≫ "씻구"로 해석한다.

"절(節)"의 해석은 한자 뜻이 아닌, 발음인 "절" ≫ "저를"로 해석한다.

"시구[示軀]"는 보언(報言); 배우에게 "몸을 보이는 동작을 표현하라"고 지시함, 또는 "몸을 보이
는 동작을 하며"로 해석한다.

---

2)   "[시구; 示軀]"는 보언(報言); 김영회TV-향가 해독, 인터넷 유튜브 방송
     보언(報言)은 "알리는 말", "보(報)"; 알릴, "언(言)"; 말씀

(원문); 얼쑤

얼수(孽羞), "얼굴 부끄러워하다", 또는 "얼(정신의 줏대) 부끄러워하다"

"얼(孽)"; 근심, 서자   "수(羞)"; 부끄러워할

"얼(孽)"의 해석은 한자 뜻이 아닌, 발음인 "얼(정신의 줏대)"로 해석한다. "얼"은 "얼굴"의 줄임말이 되기도 한다.

국어사전에서 "얼"의 뜻; 정신의 줏대, 겉에 드러난 흠, 다른 사람 때문에 공연히 당하는 피해나 고통, '탈'을 비유적으로 이르는 말.

국어사전에서 "얼굴"의 뜻; 머리 앞면, 머리 앞면의 생김새, 주위에 잘 알려져서 얻은 평판이나 명예나 체면.

(원문); 지화자, 좋구나

지화자(持貨資), 좋구나, 가지는구나, 내기 건 돈이나 재물, 좋구나

"지(持)"; 가질   "화(貨)"; 재물   "자(資)"; 재물

현재 위 해석과 같거나, 비슷한 뜻으로 사용되며, 한자 표기와 뜻을 참고할 수 있다.

(원문); 거시기, 거시기(據示忌), "근거 보이기 꺼리는", "근거 알리기 꺼리는"

"거(據)"; 근거   "시(示)"; 보일, 알리다   "기(忌)"; 꺼릴

현재 위 해석과 같거나, 비슷한 뜻으로 사용되며, 한자 표기와 뜻을 참고할 수 있다.

(원문); 야호

야호(惹號), 부르짖는다

"야(惹)"의 뜻; 이끌   "호(號)"; 부르짖을

현재 위 해석과 같거나, 비슷한 뜻으로 사용되며, 한자 표기와 뜻을 참고할 수 있다.

(원문); 두둥실 두리둥실

두도실 두리도실(頭島悉 頭離島失)

머리 모양과 섬 다 보이네, 머리 모양 떠나가고 섬 달아나네

(상세해설) 배가 출발하여 조금 나가면, 사람 머리와 섬이 모두 보이는데,

더 멀리 나가면, 사람 머리는 떠나가고 섬은 달아나네

"두(頭)"; 머리, 꼭대기   "도(島)"; 섬   "실(悉)"; 깨닫다, 모두, 다

"리(離)"; 떠나가다   "실(失)"; 잃어버리다, 달아나다

(원문); 옹헤야 어절씨구 옹헤야,

옹해야 어절시구 옹해야(雍解惹 禦絶始毆 雍解惹)

곡식 모으고 벗기자, 도리깨 도구 멈추고, 짧은 시간 끊고,

비로소 도리깨 도구 때리기 시작하세, 곡식 모으고 벗기자

"옹(雍)"; 모으다   "해(解)"; 풀다, 벗다   "야(惹)"; 이끌   "어(禦)"; 멈추다

"절(絶)"; 끊을   "시(始)"; 비로소   "구(毆)"; 때릴

(원문); 강강술래

강강수월래(康降壽月來), 편안한 삶 내려 주시고, 오래 사는 세월 오게 하소서

또는

강강술내(腔降述內), 원형 위치의 안쪽이 비게 하며, 손을 내리며, 원형 안쪽이 펼쳐지게 하라,

 (여러 사람이 원형으로 둥글게 위치하여 강강술래 춤 동작할 때, 원형 지름 크기가 작은 위치에서 원 외부 방향으로 이동하면, 내부가 빈 공간이 생기고, 하늘 방향을 향하여 옆 사람과 이어 잡은 손을, 허리 높이 정도 내리면, 원형 지름이 커지고, 안쪽의 빈 공간이 넓게 되며 펴진다)

 "강(康)"; 편안할   "강(降)"; 내리다   "수(壽)"; 목숨, 장수   "월(月)"; 세월, 달

 "래(來)"; 올, 부르다,   "강(腔)"; 속이 빈   "술(述)"; 펼   "내(內)"; 안

14. 널리 쓰이고 있으나 불명확한 단어나 구절 (2차)

(해석); (아래)

(원문); 아뿔싸, 아불사(我不思), 내가 생각하지 못했다

"아(我)"; 나   "불(不)"; 아닐   "사(思)"; 생각

(원문); 도리 도리

도리(掉悧), 흔들고 영리하다

"도(掉)"; 흔들다   "리(悧)"; 영리하다

현재 위 해석과 같거나, 비슷한 뜻으로 사용되며, 한자 표기와 뜻을 참고할 수 있다. 아기를 보살
필 때, 쓰는 말.

(원문); 짝짜꿍

작자궁(作姿躬), 팔, 팔뚝 모양 만들다

"작(作)"; 지을   "자(姿)"; 모양   "궁(躬)"; 몸, 팔, 팔뚝

(원문); 죄암죄암 (준말; 죔죔, 잼잼, 젬젬)

지암(持暗), 손에 쥐고 숨기다

"지(持)"; 가질   "암(暗)"; 숨기다

(원문); 곤지곤지

곤지(梱指), 손가락으로 두드리다

"곤(梱)"; 두드리다   "지(指)"; 손가락질하다, 가리킬

(원문); 어부바

어부보아(御負褓兒), 아이를 포대기로 싸고 등에 지어 모시다

"어(御)"; 거느릴, 다스리다   "부(負)"; 짐을 등에 지다   "보(褓)"; 포대기

"아(兒)"; 아이

(원문); 얼싸

얼사(孼思), "얼 생각하다" 또는 "얼굴 생각하다"

"얼(孼)"; 근심, 서자   "사(思)"; 생각하다

"얼(孼)"의 해석은 한자 뜻이 아닌, 발음인 "얼(정신의 줏대)"로 해석한다. "얼"은 "얼굴"의 줄임말이 되기도 한다.

국어사전에서 "얼"의 뜻; 정신의 줏대, 겉에 드러난 흠, 다른 사람 때문에 공연히 당하는 피해나 고통, '탈'을 비유적으로 이르는 말.

국어사전에서 "얼굴"의 뜻; 머리 앞면, 머리 앞면의 생김새, 주위에 잘 알려져서 얻은 평판이나 명예나 체면.

(원문); 아롱다롱

아롱다롱(娥朧多壟), 예쁘고 흐릿한 것이 밭이랑이 많은 것 모양이다

"아(娥)"; 예쁠   "롱(朧)"; 흐릿할, 분명하지 않다

"다(多)"; 많을, 아름답게 여기다   "롱(壟)"; 밭두둑, 밭이랑

(원문); 바보

비아보(非雅普), 바르지 않은 것이 많다

"비(非)"; 아닐   "아(雅)"; 바르다, 맑을   "보(普)"; 넓을, 두루 미치다

(원문); 아이고

아이고(我罹辜), 내가 재난이 들다

"아(我)"; 나   "이(罹)"; 걸릴   "고(辜)"; 허물, 죄, 재난

(원문); 으라차차

우라차차(于拏蹉車), 잡아당겨서 수레가 지나가게 하다

"우(于)"; 동작을 하다　　"라(拏)"; 잡아당기다

"차(蹉)"; 지나가다　　"차(車)"; 수레

현재 원문 뜻은 "힘을 모아 내지르는 소리"이다.

현재 위 해석과 같거나, 비슷한 뜻으로 사용되며, 한자 표기와 뜻을 참고할 수 있다.

(원문); 싸가지

사가지(事可智), 옳고 지혜있는 일이다

"사(事)"; 일, 재능　　"가(可)"; 옳을　　"지(智)"; 지혜

(원문); 어머나

엄어나(俺齬那), 어찌하여 크게 어긋났나

"엄(俺)"; 클, 어리석다　　"어(齬)"; 어긋날, 맞지 않다　　"나(那)"; 어찌, 어찌하여

나.

전체부;
다양한 새 해석
모두 기록

※ 일부는 밑줄 표시

※ 원문 전체와 기존 해석은; 인터넷 네이버, "제목" 검색, 나무위키 선택

1. 서론

고전가요나 널리 쓰이는 말 중 뜻이 불명확한 단어나 구절에 대하여 새로운 해석을 한다.

1) 기록과 소리의 변화

고전가요나 널리 쓰이는 말이 지어졌을 때, 한글 창제 전이므로 한자나 향가방식이나 이두방식으로 기록되고 소리로 전해지다, 세월 지나면서, 기록물은 잃어버려지고 소리는 전해졌고, 한글 창제 후 한글로 기록되고, 뜻이 잊힌 부분이 있으며, 소리가 변화도 있으나, 이제 잊혔던 부분의 뜻의 복원을 시도한다.

2) 뜻 복원 방법

소리가 같거나 비슷한 한자를 찾아서 그 뜻을 추정한다. 또는 소리의 변화와 뜻을 고려하여 적합한 현대 단어의 뜻을 찾아서 뜻을 추정한다.

2. 청산별곡[3]

1) 얄리얄리 얄랑셩 얄라리 얄라

원문, 첫째 연

얄리얄리 얄랑셩 얄라리 얄라

(해석)

(1) 해설 1; 한자로 표시하고 해석, 소리는 원문과 같이 변화됐다.

야리이 야리이 야랑셩, 야라리 야라(野狸夷 [野狸夷] 野狼盛 野喇理 [野喇])

들 삵같은 오랑캐, [들 삵같은 오랑캐], 들 이리 많아졌네,

들에서 나팔 불어 쫓아내라 [들에서 나팔 불라]

"야(野)"의 뜻; 들   "리(狸)"; 삵   "이(夷)"; 오랑캐   "랑(狼)"; 이리

"셩(盛)"; 성할   "라(喇)"; 나팔

"리(理)"; 다스리다, 어지러운 일이나 상태를 수습하여 바로잡다

야리이[野狸夷]("들 삵같은 오랑캐" 모양 연기하라), 야라[野喇]("나팔 부는" 모양 연기하라); 보언[4](공연할 경우 "배우가 연기 동작을 하라"고 지시한다)으로 추정한다, 또는 구절의 의미를 반복 표현하는 것으로 추정한다.

(상세해설); 오랑캐 북방 민족 세력이 침략하여 약탈하여, 백성 생활이 어려워지고, 생명의 위협을 받으며 살아갈 때, 나팔 불며 군사 작전하여 오랑캐를 물리쳐 달라고 소원함.

---

3)   출처, 청산별곡; 나무위키, 인터넷 네이버
4)   참고; 김영회TV-향가 해독, 인터넷 유튜브 방송
       보언(報言)은 "알리는 말", "보(報)"; 알릴, "언(言)"; 말씀

(2) 해설 2; 다른 한자로 표시하면;

야리 야리 야랑성 야아 리야아(夜離夜離 夜郞成 夜我 離夜我)

밤 떠나가네 밤 떠나가네, 밤님처럼 되네, 밤아! 떠나는 밤아!

"야(夜)"; 밤   "리(離)"; 떠날   "랑(郞)"; 사내

"성(成)"; 이룰   "아(我)"; 나

(상세해설); 떠나가는 밤 시간을 그리워하고 아쉬워하네

(3) 해설 3; 다른 한자로 표시하면,

야이 야이 야랑성 야아 리야아(夜移夜移 夜郞成 夜我 離夜我)

밤 오네 밤 오네, 밤님처럼 되네, 밤아! 떠나는 밤아!

"이(移)"; 옮길

(상세해설); 오는 밤을 희망과 소망을 가지고, 기대하며 밤 시간 살게 되네,

보낸 밤 시간을 그리워하고 아쉬워하네

(4) 해설 4; 다른 한자로 표시하면,

야리야리 야랑성 야라리 야라(揶罹揶罹 揶浪盛 惹懶理 [惹懶]5))

야유하며 근심하고, 야유하며 근심하며, 야유가 파도 물결처럼 많아져서,

게을러지고 [게으르게 한다]

"야(揶)"; 야유하다, 조롱하다   "리(罹)"; 걸릴, 근심하다   "랑(浪)"; 파도

"성(盛)"; 성할   "야(惹)"; 이끌   "라(懶)"; 게으를

"리(理)"; 다스릴

---

5)   야라[惹懶] 는 보언(報言); 보언으로 볼 수도 있고, 보언이 아닌 것으로 하여 해석할 수 있다.

(5) 해설 5; 다른 한자로 표시하면,

야리야리 야랑성 야라리 야라(惹罹惹罹 惹浪盛 惹懶理 [惹懶][6])

근심하고 근심하여, 파도 물결처럼 많아져서, 게을러지고 [게으르게 한다]

"야(惹)"; 이끌   "리(罹)"; 걸릴, 근심하다   "랑(浪)"; 파도

"성(盛)"; 성할   "라(懶)"; 게으를   "리(理)"; 다스릴

2) 새   잉무든 장글란   얄리얄리 얄라셩 얄라리 얄라

원문, 셋째 연

새

잉무든 장글란

얄리얄리 얄라셩 얄라리 얄라

(해석)

사어

잉아 묶은 물에 잠그는 가름대

"새"는 물속에 사는 "사어(沙魚)[7]", "사어(梭魚)[8]", "세어(細魚)[9]", 또는 "새우"로 해석한다. 그 이유는 "원문, 셋째 연, 둘째 줄"의 내용이 명백히 "물 아래 물체를 보는 것"을 표현하기 때문이다.

"잉무든"은 "잉아[10] 묶은"으로 해석, "장글란(欒)"은 "(물에) 잠그는 가름대"로 해석,

"란(欒)" 뜻이 "가름대[11]", "잉무든 장글란"은 "굵은 실로 가름대 2개를 연결시킨 도구".

(상세해설); "잉무든 장글란"의 기능, 물 흐름 있거나 물결 파도가 있는 곳의 바닥을 보면, 빛이 불

---

6)   야라[惹懶] 는 보언(報言); 보언으로 볼 수도 있고, 보언이 아닌 것으로 하여 해석할 수 있다.

7)   잉엇과의 민물고기; 인터넷 네이버, 어학사전

8)   꼬치고깃과의 바닷물고기; 인터넷 네이버, 어학사전

9)   학꽁치과의 바닷물고기; 인터넷 네이버, 어학사전

10)   "베틀의 날실을 한 칸씩 걸러서 끌어 올리도록 맨 굵은 실"을 말함; 인터넷 네이버, 어학사전

11)   가로지른 막대기; 인터넷 네이버, 어학사전

규칙 방향으로 반사되어, 물 밑의 물체가 변형되어 보이거나 흔들리는 듯한데, 가름대를 물 표면에 수평 방향, 물 흐름을 막는 방향으로 놓고 물속을 보면, 물 흐름이나 물결이 약하게 되어, 물체가 잘 보인다. 현재 하천에서 다슬기 채취할 때 투명한 유리 같은 판 있는 틀을 물 위에 놓고, 이를 통하여 보며 바닥의 다슬기를 찾아 채취하는 것과 비슷한 효과 있음.

  한자로 하면, 잉무든 장글란 ≫ 잉무은 잠거란(孕繆垠 潛拒欒),

  잉아(굵은 실)를 끝에 묶은, 물에 잠기는 막는 가름대

  "잉(孕)"; 품다   "무(繆)"; 얽을, 묶다   "은(垠)"; 지경, 끝

  "잠(潛)"; 잠길   "거(拒)"; 막을,   "란(欒)"; 가름대

  (원문); 얄리얄리 얄라셩 얄라리 얄라

  (해석)

야리이 야리이 야라셩 야라리 야라(野狸夷 [野狸夷] 野喇盛 野喇理 [野喇])

들 삵같은 오랑캐, [들 삵같은 오랑캐], 들 나팔 소리 많아졌네,

들에서 나팔 불어 쫓아내라 [들에서 나팔 불라]

  "야(野)"; 들   "리(狸)"; 삵   "이(夷)"; 오랑캐

  "라(喇)"; 나팔   "성(盛)"; 성할

  "리(理)"; 다스리다, 어지러운 일이나 상태를 수습하여 바로잡다

  야리이[野狸夷]("들 삵같은 오랑캐" 모양 연기하라), 야라[野喇]("나팔 부는" 모양 연기하라); 보언 (공연할 경우 "배우가 연기 동작을 하라"고 지시한다)으로 추정한다, 또는 구절의 의미를 반복 표현 하는 것으로 추정한다.

  (상세해설); 오랑캐 북방 민족 세력이 침략하여 약탈하여, 백성 생활이 어려워지고, 생명의 위협 을 받으며 살아갈 때, 이들 오랑캐를 물리쳐 달라고 소원함.

3) 에정지   사슴이 짐ㅅ대

원문, 일곱째 연

에정지

사슴이 짐ㅅ대

(원문); 에정지

(해석)

(1) 해설 1; 한자로 표시하면, 소리는 원문과 같이 변화됐다.

애정지(曖整地), 에워싼 정지지

"애(曖)"; 가리어지다, 흐리다, 희미할   "정(整)"; 가지런할   "지(地)"; 땅

(상세해설)

에워싼 정지지(애정지(曖整地); 에워싼 농사짓는 땅) 가는 중에 든다,

"에"는 "에워싸다; 둘레를 빙 둘러싸다"의 형용사형인 "에워싼"에서 줄인 것, "정지"는 "정지지"에서 줄인 것, "정지"는 "정지(整地)[12]"로, "정지지(整地地)"를 말하며, 비유적 의미로 "외부 위협으로부터 안전이 보장되고 농업, 생업, 여가활동이 되는, 평화로운 삶이 이루어지는 안정지역"을 의미함.

(2) 해설 2;

애정지(曖庭池), 에워싼, 둘레를 빙 둘러싼 정지(庭池)[13]

"애(曖)"; 가리워지다, 흐리다, 희미할   "정(庭)"; 뜰   "지(池)"; 못

---

[12]   농사 작물을 심기 전에 땅을 갈아 흙을 부드럽게 하여 작물의 성장에 알맞도록 경지를 정리하는 일; 인터넷 네이버, 어학사전
[13]   연못 있는 뜰, 정원

(상세해설)

둘러싸인 (연)못 있는 뜰을 지나갈 때 듣는다,

(원문); 사슴이 짐ㅅ대

(해석)

사슴이 짐대

권세가는 장막을 두른 장소에서 해금 연주하는 것을 듣는다.

"사슴"은 황제의 지위[14]를 의미하며, 여기서는 지역의 "권세가"로 해석한다.

"짐대" 는 "당(幢)을 달아 세우는 대", "당(幢)"은 수레휘장(揮帳; 피륙을 여러 폭으로 이어서 빙 둘러치는 장막)을 말함(인터넷 네이버, 어학사전), 따라서 "짐대"는 "장막을 두른 장소"로 해석한다.

한자로 하면, 사슴이 짐ㅅ대 ≫ 사사미 짐대(士師彌 斟臺),

선비, 관리와 지위 높은 군인 들이 두루 술 따르는 무대에서, 해금 연주하는 것을 듣는다

"사(士)"; 선비, 관리, 벼슬아치   "사(師)"; 스승, 벼슬아치, 군사   "미(彌)"; 두루, 널리

"짐(斟)"; 술 따를   "대(臺)"; 무대

---

14)   고사성어 "중원축록(中原逐鹿)"은 "중원의 사슴을 쫓는다"는 말인데, "황제의 자리를 다투는 것"을 비유적으로 표현하여, "사슴"
은 황제의 지위를 의미함; 인터넷 네이버, 어학사전
"중(中)"; 가운데, "원(原)"; 언덕, 근원, 들판
"축(逐)"; 쫓을, "록(鹿)"; 사슴

3. 서경별곡[15)

1) 아즐가   위 두어렁셩   위 두어렁셩 두어렁셩   다링디리   셔울히 마르는

  닷곤 대   쇼셩경 괴마른

원문, 첫째 연

아즐가

셔울히 마르는

위 두어렁셩 두어렁셩 다링디리

닷곤 대

쇼셩경 괴마른

(원문); 아즐가

(해석)

(1) 원문 "아즐가"는 "아! 좋을까", 또는 "아! 즐거울까" 소리를 아래와 같은 한자, 아졸가(我拙訶; 내가 옹졸하여 꾸짖네) 등으로 기록했다가 세월이 지나면서, 한자 기록이 사라지고, 한글이 시작되면서, 기록과 발음이 "아즐가"로 변화된 것으로 추정한다.

  "아(我)"; 나   "졸(拙)"; 옹졸할   "가(訶)"; 꾸짖을

(2) 원문을 한자로 표시하여, 해석하면, 소리는 원문에서 변화;

  "아졸가(我拙訶)", "내가 옹졸하여 꾸짖네"

  "아(我)"; 나   "졸(拙)"; 옹졸할   "가(訶)"; 꾸짖을

---

15)   출처, 서경별곡; 나무위키, 인터넷 네이버

(3) 다른 한자로 표시; "아졸가(我拙歌)", 내가 옹졸하여 노래하네

"가(歌)"; 노래

(4) 다른 한자로 표시; "아졸가(我拙可)", 내가 옹졸한 것인가 옳은 것인가

"가(可)"; 옳을

(5) 다른 한자로 표시; "아주ㄹ가(訝呪乙訶)", 의심하고 소원 빌며 꾸짖네

"아(訝)"; 의심할   "주(呪)"; 빌   "을(乙)", 새   "가(訶)"; 꾸짖을

(6) 다른 한자로 표시; "아조ㄹ가(訝嘲乙歌)", 의심하며 비웃으며 노래한다

"조(嘲)"; 비웃을

(7) 다른 한자로 표시; "아조ㄹ가(訝嘲乙訶)", 의심하고 비웃고 꾸짖네

"가(訶)"; 꾸짖을

(8) 다른 한자로 표시; "야조ㄹ가(惹嘲乙訶)", 비웃으며 꾸짖게 되네

"야(惹)"; 이끌

(9) 다른 한자로 표시; "야조ㄹ가(惹造乙訶)", 꾸짖게 되네

"조(造)"; 지을

(10) 다른 한자로 표시; "아조ㄹ가(亞嘲乙加)", 버금가는 비웃음 더하네

"아(亞)"; 버금(으뜸의 바로 아래)   "조(嘲)"; 비웃을   "을(乙)"; 새

"가(加)"; 더할

(원문); 위 두어렁셩

     고전시가 신해석

(해석)

원문을 한자로 표시하고, 한자 뜻으로 해석하면, 소리는 원문에서 변화,

위 두어로어셩(謂杜語怒語成)

"이르기를, 안할 말이나 화나게 하는 말 된다"

또는,

"말한다면, 막을 말이나 화나게 하는 말 된다"

"위(謂)"; 이를, 이르다, 일컫다   "두(杜)"; 막을   "어(語)"; 말씀

"노(怒)"; 성낼   "셩(成)"; 이룰

(원문); 위 두어렁셩 두어렁셩

(해석)

원문을 한자로 표시하면, 소리는 원문에서 변화, 한자 뜻으로 해석하면,

위 두어로어셩(謂杜語怒語成), [두어로어셩(杜語怒語成)]

"이르기를, 안할 말이나 화나게 하는 말 된다", "[안할 말이나 화나게 하는 말 된다]"

또는,

"말한다면, 막을 말이나 화나게 하는 말 된다", "[막을 말이나 화나게 하는 말 된다]"

[안할 말이나 화나게 하는 말 된다]; 보언[16](공연할 경우 "배우가 내용을 표현하는 동작을 하라"고

지시한다)으로 추정한다, 또는 구절의 의미를 반복 표현하는 것으로 추정한다.

(원문); 다링디리

---

16)   참고; 김영회TV-향가 해독, 인터넷 유튜브 방송
      보언(報言)은 "알리는 말", "보(報)"; 알릴, "언(言)"; 말씀

(해석)

(1) 해설 1; 원문을 한자로 표시하면, 소리는 원문에서 변화, 한자 뜻으로 해석하면,

"다리잉두리(多理仍杜離)"

"많이 보살핌으로 인하여 이별을 막는다"

"다(多)"; 많을

"리(理)"; 다스리다, 국가나 사회, 단체, 집안의 일을 보살펴 관리하고 통제하다

"잉(仍)"; 인할   "두(杜)"; 막을   "리(離)"; 떠날

(2) 해설 2; 다른 한자로 표시하면,

"다리잉도리(多理仍到利)"

"많이 보살핌으로 인하여 이로움 이르게 된다"

"도(到)"; 이를   "리(利)"; 이로울

(3) 해설 3; 다른 한자로 표시하면,

"다리잉두리(多利仍杜離)"

"이로움 많음으로 인하여 이별을 막는다"

"다(多)"; 많을   "리(利)"; 이로울   "잉(仍)"; 인할

"두(杜)"; 막을   "리(離)"; 떠날

(4) 해설 4; 다른 한자로 표시하면,

"다리잉지리(多理仍止罹)"

"많이 보살핌으로 인하여 근심을 그치게 한다"

"지(止)"; 그칠   "리(罹)"; 걸릴, 근심하다

상기 (1)~(4) 항에 "잉(仍)" 대신 "인(因); 인할" 이나 "인(引); 끌, 이끌"을 적용해도 비슷한 뜻이 된다.

(원문); 셔울히 마르는

(해석)

서울이 아닌(아니한, 아니하는)

"마르는" 의 동사 원형은 "말다", 뜻; "아니하다"

(원문); 닷곤 대

(해석 1)

답곤 대(踏梱臺), 문턱 대를 밟으며 들어가네

"답(踏)"; 밟을   "곤(梱)"; 문지방, 문턱   "대(臺)"; 대, 무대

(해석 2)

답곤 대(踏梱黛), 문턱에 있는 눈썹 먹 그린 여인을 만나러 가네

"답(踏)"; 밟을   "곤(梱)"; 문지방, 문턱

"대(黛)"; 눈썹먹, 눈썹먹으로 그린 눈썹, 여자의 눈썹

(해석 3)

담곤 대(湛琨黛), 패옥 차고 눈썹 먹 그린 여인과 즐기네

"담(湛)"; 괼, 즐기다   "곤(琨)"; 옥돌, 패옥(허리띠에 차는 옥)

"대(黛)"; 눈썹먹, 눈썹먹으로 그린 눈썹, 여자의 눈썹

(원문); 쇼셩경 괴마른

(해석 1) 소셩경을 사랑하지 않는

"괴마른" 은 "괴지 아니하는" ≫ "사랑하지 않는"으로 해석.

"괴" 의 동사 원형은 "괴다", 뜻; (예스러운 표현으로) 특별히 귀여워하고 사랑하다.

"마른" 의 동사 원형은 "말다", 뜻; "아니하다", "어떤 일이나 행동을 하지 않거나 그만두다"

(해설; 문턱 대를 밟으며, 좋은 집에 살지만, 소셩경을 사랑하지는 않는다)

(해설; 패옥(허리띠에 차는 옥) 차고 눈썹 먹 그린 여인과 즐기지만, 소성경을 사랑하지는 않는다)

(해석 2) 괴마른 ≫ 괴(壞)마른, 소성경이 무너지지 않는다

"괴(壞)"; 무너질

(해설; 문턱 대를 밟으며, 좋은 집에 살고, 소성경이 무너지지 않는다)

(해석 3) 괴마른 ≫ 괴(傀)마른, 소성경이 번성하지 않는다

"괴(傀)"; 클, 좋다, 성하다, 허수아비

(해설; 문턱 대를 밟으며, 좋은 집에 살지만, 소성경이 번성하지는 않는다)

(해석 4) 괴마른 ≫ 괴(拐)마른, 소성경이 유혹하지 않는다

"괴(拐)"; 꾀어내다, 유인하다

(해설; 문턱 대를 밟으며, 좋은 집에 살지만, 소성경이 유혹하지는 않는다)

2) 바회예 디신 들   긴히ㅅ던(쓰던)   긴힛ㅅ던(쓰던) 그치리잇가   나난

원문, 셋째 연

바회예 디신 들

긴히ㅅ던

긴힛ㅅ던 그치리잇가

나난

(원문); 바회예 디신 들

(해석)

"구슬이 바퀴에 내리눌린들" 또는 "구슬이 바위에 내리눌린들"

"바회"의 뜻; 바퀴의 옛말 또는 바위의 옛말.

"디신"의 원형은 "딛다"이며, "딛다"는 "디디다"의 준말이다, "디디다"의 뜻은 "발을 올려놓고 서거

나 발로 내리누르다"이다.

한자로 하면, 바회에 디신 들 ≫ 박이예 지신달(搏移曳 趾佚撻),
구슬이 치면서 움직여(≫ 바퀴에) 끌어당겨져, 발이 걷는 모양으로 때리는 듯이 되어
"박(搏)"; 치다, 때리다   "이(移)"; 옮길, 움직이다   "예(曳)"; 끌, 끌어당기다
"지(趾)"; 발   "신(佚)"; 걷는 모양,   "달(撻)"; 때릴

"신(佚)"을 다른 글자로 하면, 박이예 지신달(搏移曳 趾迅撻),
구슬이 치면서 움직여(≫ 바퀴에) 끌어당겨져, 발이 빠르게 때리는 듯이 되어
"지(趾)"; 발,   "신(迅)"; 빠를, 뛰어넘다   "달(撻)"; 때릴

(원문); 긴히 ㅅ던(쓰던)

(해석)
(1) 긴히ㅅ던(쓰던) ≫ 깊이ㅅ던(쓰던) ≫ 끈 이 ㅅ던(쓰던) ≫ 끈 이(以) 쓰던,
끈으로 쓰던 (것을)
"이(以)"; ~써, ~로, ~를 가지고

(2) 긴히ㅅ던(쓰던) ≫ 깊이ㅅ던(쓰던) ≫ 끈 이 ㅅ던(쓰던) ≫ 끈 이(以) 시단(試彖),
끈으로써 시험하여 판단하고,
"시(試)"; 시험할, 살펴보다   "단(彖)"; 판단할

(원문); 긴힛ㅅ던(쓰던) 그치리잇가

(해석)
(1) 긴힛ㅅ던(쓰던) ≫ 깊잇ㅅ던(쓰던) ≫ 끈 잇 ㅅ던(쓰던) ≫ 끈 이어 ㅅ던(쓰던),
끈 이어 쓰던 (것을) 그치리까

"이어"의 동사 원형은 "잇다"이며, 뜻은 "두 끝을 맞대어 붙이다"

(2) 긴힛ㅅ던(쓰던) ≫ 긿잇ㅅ던(쓰던) ≫ 끈 잇 ㅅ던(쓰던) ≫ 끈 이어 ㅅ던(쓰던) ≫

끈 이어 시단(施端), 끈 이어 바르게 하는 (것을) 그치리까

"시(施)"; 베풀, 실시하다   "단(端)"; 바를, 바로잡다, 단정하다

다른 한자로 표시하면,

끈 이어 시단(始端), 끈 이어 먼저 바르게 하는 (것을) 그치리까

"시(始)"; 비로소, 먼저, 앞서서

(3) 긴힛ㅅ던(쓰던) ≫ 긿잇ㅅ던(쓰던) ≫ 끈 잇 ㅅ던(쓰던) ≫ 끈 이어 ㅅ던(쓰던) ≫

"잇"을 한자로 표시하면,

끈 이(而) 시단(施端), 끈 이어 바르게 하는 (것을) 그치리까

"이(而)"; 말이을, 말을 잇다   "시(施)"; 베풀, 실시하다

"단(端)"; 바를, 바로잡다, 단정하다

(원문); 나난

(해석)

(1) 해설 1; 원문을 한자로 표시하고, 한자 뜻으로 해석하면,

"나난(那難)"

"어찌 꺼리나", 또는 "어찌 어려운가"

"나(那)"의 뜻; 어찌   "난(難)"; 어렵다, 꺼리다

(2) 해설 2; 다른 한자로 표시하면,

"나난(拏難)"

"붙잡기 꺼리나", 또는 "붙잡기 어려운가"

"나(拏)"의 뜻; 붙잡을

3) 럼난디

원문, 넷째 연, 다섯째 줄
럼난디

(해석)

(1) 한자로 표시하고 해석하면, 소리는 원문에서 변화,
엄난지(儼難至), 근엄하지 못하게 되다
"엄(儼)"; 엄연할, 근엄할, 의젓할   "난(難)"; 어렵다, 꺼리다   "지(至)"; 이를

다른 한자로 표시하면,
엄난지(俺爛至), "크게 마음 아프게 되다", 또는 "어리석게 마음 아프게 되다"
"엄(俺)"; 클, 어리석을   "난(爛)"; 문드러질(마음 아파할)

다른 한자로 표시하면,
엄난지(俺亂至), 크게 어지럽게 되다
"난(亂)"; 어지러울

(2) "넘난지"의 변화된 표기이며 동사형은 "넘나다"이며, 해석하면,
"네 가시 넘어서 지나다닌지를 몰라서" 또는,
"네 가시 행동이나 말이 분수에 넘친지를 몰라서"
"넘나다"; 분수에 넘치다, 넘어서 지나다니다

이 논문 이전에는, "넘난디"를 "바람난 것"으로 설명하는데, 이 해석은 원문 단어에 더 가까운 듯 하며, 이를 확대 생각하면 "바람난 것"의 뜻을 암시하기도 한다. 따라서, 이 해석은 더 포괄적이며 넓은 표현이다.

(추정); 한글 문자 사용 이전 시기에는 상기 "(1)"과 같이 한자로 기록하고 발음하였고, 한글 사용 이후는 "(2)"와 같이 한글로 기록하고 발음하여 함께 쓰였다. 기록, 소리와 뜻은 세월 지나며 변화하여서 쓰여 왔으나, 상기 "(1)"과 "(2)"는 같은 정황을 표현한 것이다.

4. 정읍사[17]

원문, 첫째 연

어긔야

어긔야 어강됴리 아으 다롱디리

(해석)

1) 어긔야

원문

(1) 해설 1; 한자로 표시하고, 해석하면, 소리는 원문에서 변화,

어기야(於祈也), 비는 것에 의지하느냐

"어(於)"의 뜻; 어조사(~에, ~에서), 의지하다   "기(祈)"; 빌

"야(也)"; 어조사(~이다, 느냐?, 도다, 구나), 잇기

(2) 해설 2; 다른 한자로 표시하면, 어기야(於氣也), 기운에 의지하느냐

(3) 해설 3; 다른 한자로 표시하면, 어기야(於技也), 재주나 능력에 의지하느냐

(4) 해설 4; 다른 한자로 표시하면, 어기야(於紀也), 세월에 의지하느냐

"기(氣)"; 기운, 활동하는 힘   "기(技)"; 재주, 능력

"기(紀)"; 벼리, 해, 세월, 뼈대가 되는 줄거리

(5) 해설 5; 다른 한자로 표시하면, 어기야(禦祈惹), 막아주기 빌게 되네

"어(禦)"; 막을   "기(祈)"; 빌   "야(惹)"; 이끌

---

17)   출처, 정읍사; 나무위키, 인터넷 네이버

(6) 해설 6; 다른 한자로 표시하면, 어기야(御紀也), 뼈대 줄거리를 이용하느냐

(7) 해설 7; 다른 한자로 표시하면, 어기야(御祈也), 정성 들여 비네

(8) 해설 8; 다른 한자로 표시하면, 어기야(御祺也), 복 받으려고 정성 들이네

(9) 해설 9; 다른 한자로 표시하면, 어귀야(御貴也), 중요한 것을 이용하느냐

"어(御)"; 거느릴, 다스리다   "기(紀)"; 벼리, 해, 세월, 뼈대가 되는 줄거리

"야(也)"; 어조사(~이다, 느냐?, 도다, 구나), 잇기

"기(祈)"; 빌   "기(祺)"; 복   "귀(貴)"; 귀한, 중요한, 귀중한

2) 어강됴리

원문

(1) 해설 1; 한자로 표시하고, 해석하면, 소리는 원문에서 변화,

어강도리(御康導理), 편안하게 모시고 보살펴 주게 인도하소서

"어(御)"; 거느릴, 다스리다   "강(康)"; 편안할

"도(導)"; 인도할,   "리(理)"; 다스릴

(2) 해설 2; 다른 한자로 표시하면,

어강도리(御康到理), 편안하게 모시고 보살펴 주옵소서

"도(到)"; 이를

(3) 해설 3; 다른 한자로 표시하면,

어강도리(禦康導利), 막고 편안하게 하여 이롭게 인도하소서

"어(禦)"; 막을   "리(利)"; 이로울

(4) 해설 4; 다른 한자로 표시하면,

어강도리(禦康到利), 막고 편안하게 하여 이롭게 하소서

"도(到)"; 이를

(5) 해설 5; 다른 한자로 표시하면,

어강도리(禦强到利), 막고 강하게 하여 이롭게 하소서

"강(强)"; 강할

(6) 해설 6; 다른 한자로 표시하면,

어강도리(禦綱到利), 막고 법도 사물을 규제하여 이롭게 하소서

"강(綱)"의 뜻; 벼리, 법도 사물을 총괄하여 규제하는 것

3) 아으

원문

(1) 해설 1; 한자로 표시하고, 해석하면, 소리는 원문에서 변화,

아유(我諭), 내가 타이른다

"아(我)"; 나   "유(諭)"; 타이를

(2) 해설 2; 다른 한자로 표시하면, 아우(我虞), 내가 염려한다

(3) 해설 3; 다른 한자로 표시하면, 아우(我憂), 내가 근심한다

(4) 해설 4; 다른 한자로 표시하면, 아의(我依), 내가 의지한다

"우(虞)"; 염려하다   "우(憂)"; 근심하다   "의(依)"; 의지하다

(5) 해설 5; 다른 한자로 표시하면, 아오(我嗚), 내가 슬프다

(6) 해설 6; 다른 한자로 표시하면, 아오(我悟), 내가 깨닫는다

(7) 해설 7; 다른 한자로 표시하면, 아우(我愚), 내가 어리석다

(8) 해설 8; 다른 한자로 표시하면, 아유(我侑), 내가 권한다

"오(嗚)"; 슬플   "오(悟)"; 깨달을   "우(愚)"; 어리석을

"유(侑)"; 권하다

(9) 해설 9; 다른 한자로 표시하면, 아유(雅侑), 권하는 것이 맞다

(10) 해설 10; 다른 한자로 표시하면, 아의(雅宜), 바르고 마땅하다

(11) 해설 11; 다른 한자로 표시하면, 아의(雅矣), 맞았다, 맞으리라

(12) 해설 12; 다른 한자로 표시하면, 아의(訝矣), 의심하였다, 의심하리라

"아(雅)"; 바르다, 맞다　　"의(宜)"; 마땅하다

"의(矣)"; 어조사(~었다, ~리라)　　"아(訝)"; 의심할, 맞다

4) 다롱디리

원문

(1) 해설 1; 한자로 표시하고, 해석하면, 소리는 원문에서 변화,

다롱지리(多弄止理), 많이 놀면 보살피지 못한다

"다(多)"; 많다　　"롱(弄)"; 놀다

"지(止)"; 그칠　　"리(理)"; 다스릴

(2) 해설 2; 다른 한자로 표시하면,

다롱지리(多聾止理), 많이 어리석으면 보살피지 못한다

"롱(聾)"; 어리석다

(3) 해설 3; 다른 한자로 표시하면,

다롱지리(多朧止理), 많이 분명하지 않으면 보살피지 못한다

"롱(朧)"; 흐릿한, 분명하지 않은

(4) 해설 4; 다른 한자로 표시하면,

다롱지리(多弄至罹), 많이 놀면 근심 생긴다

"다(多)"; 많다　　"롱(弄)"; 놀다　　"지(至)"; 이를

"리(罹)"; 근심

(5) 해설 5; 다른 한자로 표시하고, 해석하면,

다롱지리(多聾至罹), 많이 어리석으면 근심 생긴다

"롱(聾)"; 어리석다

(6) 해설 6; 다른 한자로 표시하고, 해석하면,

다롱지리(多朧至罹), 많이 흐릿하면 근심 생긴다

"롱(朧)"; 흐릿한, 분명하지 않은

위 (4), (5), (6)에서 "지(至)" 대신 "지(持)", "지(指)" 또는 "지(摯)"를 사용해도 된다.

"지(至)"; 이를   "지(持)"; 가지다   "지(指)"; 가리키다

"지(摯)"; 잡을, 이르다

원문, 둘째 연

즌 대를 드대욜셰라

(해석); (아래)

5) 즌 대를

원문

준대(樽黛)를, 술잔과 눈썹먹 그린 여인을

"준(樽)"; 술통, 술잔, 술단지   "대(黛)"; 눈썹먹, 눈썹먹으로 그린 눈썹, 여자의 눈썹

다른 한자로 하면,

진대(縉黛)를, "붉은 비단옷 입고 눈썹먹 그린 여인을", 또는

"붉은 입술 연지 화장하고 눈썹먹 그린 여인을"

"진(縉)"; 붉은 비단, 붉은빛, 분홍빛

다른 한자로 하면,

진대(袗黛)를, 수놓은 옷 입고 눈썹먹 그린 여인을

진대(縝黛)를, 자태가 곱고 눈썹먹 그린 여인을

진대(瞋黛)를, 눈 크게 보이는 화장하고 눈썹먹 그린 여인을

"진(袗)"; 수놓은 옷   "진(縝)"; 고울, 곱다   "진(瞋)"; (눈을) 부릅뜨다

6) 드대욜세라

원문

드대 요(樂) (ㄹ)세라, 들이대어 좋아할세라

"요(樂)"; 좋아할   "들이대다"; 바싹 가져다 대다

"셰라"를 한자로 하면, 드대 요(樂) (ㄹ)세라(勢拏), 들이대어 좋아할 형세를 붙잡다

"세(勢)"; 형세, 기세   "라(拏)"; 붙잡을

다른 한자로 하면, 드대 요(樂) (ㄹ)세라(說拏), 들이대어 좋아하여 달래기를 붙잡다

"세(說)"; 달랠, 말씀 설

한자로 하면, 드대욜세라 ≫ 두대(頭對) 요(樂) (ㄹ)세라, 머리 마주하여 좋아할세라

"두(頭)"; 머리   "대(對)"; 대할, 마주하다   "요(樂)"; 좋아할

"요(樂)" 대신 아래와 같은 다른 한자를 적용할 수 있다,

"요(料)"; 생각하다,   "요(繞)"; 두를, 얽히다,   "요(拗)"; 우길

"요(撓)"; 어지러울,   "요(邀)"; 만날, 마주치다

원문, 셋째 연

어느이다 노코시라

     고전시가 신해석

내 가논 대 졈그랄셰라

(해석); (아래)

7) 어느이다

원문

(1) 어노이다(御露易茶), 술을 절제하여 차로 바꾸라

"어(御)"; 거느릴,다스리다   "노(露)"; 좋은 술, 이슬   "이(易)"; 바꿀

"다(茶)"; 차

다른 한자로 하면,

어노이다(禦露理茶), 술을 금지하고 차를 드시기를 바란다

"어(禦)"; 막을, 금지하다   "노(露)";좋은 술, 이슬   "이(理)";다스릴, 하소연하다

다른 한자로 하면,

어노이다(御路理多), 도리를 따라 하여 더 좋은 것이 되게 다스리라

"어(御)"; 거느릴, 다스리다   "노(路)"; 길, 도리, 도의   "이(理)"; 다스릴, 하소연하다

"다(多)"; 많을, 더 좋다

 다른 한자로 하면,

어노노이다(菸瑙鹵珥茶), 향초, 담배, 마노, 소금, 귀걸이, 차

"어(菸)"; 향초, 담배   "향(香)초"; 제사나 불공 때 피우는 향과 초   "향(香)"; 향기

"노(瑙)"; 마노   "마노"; 석영 등의 혼합물, 아름다운 것은 보석이나 장식품으로 쓴다.

"노(鹵)"; 소금   "이(珥)"; 귀걸이   "다(茶)"; 차

(2) 한글 뜻으로 해석하면; 어느이 다(多) ≫ 어느이(이든지) 다(多),

“어느 것(일, 사람 또는 사물)이든지 모두 다”, 또는

“어느 것(일, 사람 또는 사물)이든지 더 좋더라도”

“다(多)”; 많을, 더 좋다, 낫다

(추정); 한글 문자 사용 이전 시기에는 상기 “(1)”과 같이 한자로 기록하고 발음하였고, 한글 사용 이후는 “(2)”와 같이 한글로 기록하고 발음하여 함께 쓰였다. 기록, 소리와 뜻은 세월 지나며 변화하여서 쓰여 왔으나, 상기 “(1)”과 “(2)”는 같은 정황을 표현한 것이다.

8) 노코시라

원문

(1) 노고시라(勞苦市羅), 힘들여 수고하고 장사하는 물건 벌여 놓으니

“노(勞)”; 일할   “고(苦)”; 쓸, 괴로울   “시(市)”; 저자, 시장, 장사

“라(羅)”; 벌일   “노고(勞苦)”; 힘들여 수고하고 애씀

다른 한자로 하면, 노고시라(努鼓市羅), 북 열심히 치고 장사하는 물건 벌여 놓으니

“노(努)”; 힘쓸   “고(鼓)”; 북

다른 한자로 하면, 녹오시라(祿熬市羅), 제육 삶고 장사하는 물건 벌여 놓으니

“녹(祿)”; 제육(祭肉; 제사에 쓰는 고기), 관리의 봉급   “제(祭)”; 제사   “육(肉)”; 고기

“오(熬)”; 삶다, 볶을

다른 한자로 하면, 노고시라(露鼓侍喇), 술 먹으며 북 치고 나팔 불어 모시니

“노(露)”; 좋은 술, 이슬,   “고(鼓)”; 북   “시(侍)”; 모실

“라(喇)”; 나팔

 (2) 한글 뜻으로 해석하면;

놓고 오시라 ≫ 일 끝내고 오시옵소서

"놓고"의 동사 원형은 "놓다", 뜻; 계속해 오던 일을 그만두고 하지 아니하다

(추정); 한글 문자 사용 이전 시기에는 상기 "(1)"과 같이 한자로 기록하고 발음하였고, 한글 사용 이후는 "(2)"와 같이 한글로 기록하고 발음하여 함께 쓰였다. 기록, 소리와 뜻은 세월 지나며 변화하여서 쓰여 왔으나, 상기 "(1)"과 "(2)"는 같은 정황을 표현한 것이다.

9) 내 가논 대

원문

내 가논 대(奈訶論黛), 어찌할고 책망하네 눈썹먹으로 그린 여인을 말하네

"내(奈)"; 어찌할고, 어찌　　　"가(訶)"; 책망하다　　　"논(論)"; 논의하다, 서술하다

"대(黛)"; 눈썹먹, 여자의 눈썹, 눈썹먹으로 그린 눈썹

다른 한자로 하면,

내 가논 대(乃可論黛), 그래서 눈썹먹으로 그린 여인을 의논하는 것이 옳으네

"내(乃)"; 그래서　　　"가(可)"; 옳을

다른 한자로 하면,

내 가논 대(乃迦論黛), 그래서 못하게 하고 눈썹먹으로 그린 여인을 의논하네

"가(迦)"; 막을, 못하게 하다

10) 졈그랄셰라

원문

(1) 졈(占)그랄셰라, "차지하여 잘못될세라", 또는 "차지할세라"

"졈(占)"; 점령할, 차지하다, 점치다

“그를”의 동사 원형은 그르다, 뜻은; 어떤 일이나 형편이 잘못되다

“그랄”의 동사 원형은 그라다, 뜻은; “그렇게 하다”의 방언

(2) 점(霑)그를세라, 은혜를 입어 잘못될세라

“점(霑)”; 젖을, 은혜를 입다

(3) 점(粘)그를세라, 붙어서 잘못될세라

“점(粘)”; 붙을

(4) “세라”를 한자로 하면, 점(占)그를세라(勢拏), 차지하여 형세를 붙잡다

“세(勢)”; 형세, 기세   “라(拏)”; 붙잡을

다른 한자로 하면, 점(占)그를세라(設拏), 차지하여 달래기를 붙잡다

“세(設)”; 달랠, 말씀 설

5. 가시리[18]

원문, 첫째 연

나난

위 증즐가

(해석)

1) 나난
원문

(1) 해설 1; 한자로 표시하고, 해석하면,

나난(那難), "어찌 꺼리나" 또는 "어찌 어려운가"

"나(那)"의 뜻; 어찌   "난(難)"; 어렵다, 꺼리다

(2) 해설 2; 다른 한자로 표시하고, 해석하면,

나난(拏難), "붙잡기 꺼리나" 또는 "붙잡기 어려운가"

"나(拏)"; 붙잡을

2) 위 증즐가
원문

(1) 해설 1; 한자로 표시하고, 해석하면,

---

18)　　출처, 가시리; 나무위키, 인터넷 네이버

위[19] 즁즐가 대평셩대(謂 贈櫛嫁 大平盛代)

머리빗 주고 시집가라고 일컬으니, 많은 백성이 고르게 번성하는 시대네

"위(謂)"; 일컬을   "증(贈)"; 줄   "즐(櫛)"; 머리빗, 타다 남은 초

"가(嫁)"; 시집갈   "대(大)"; 큰   "평(平)"; 평평할

"성(盛)"; 성할   "대(代)"; 대신할, 시대

"대평성대(大平盛代)"; 많은 백성이 고르게 번성하는 시대

다른 한자로 표시하면,

위[20] 즁즐가 대평셩대(偉 贈櫛嫁 大平盛代)

머리빗 주고 시집가라고 하니 위대하고, 많은 백성이 고르게 번성하는 시대네

"위(偉)"; 클, 위대하다, 뛰어나다

(2) 해설 2; 다른 한자로 표시하면,

위 즁즐가 대~ (謂 贈櫛稼 大~),

머리빗 양식 곡식 주네라고 일컬으니, 많은 백성이 ~~

"가(稼)"; 양식, 곡식

(3) 해설 3; 다른 한자로 표시하면,

위 즁즐가 대~ (謂 贈櫛佳 大~),

머리빗 주고 아름답다라고 일컬으니, 많은 백성이 ~~

"가(佳)"; 아름다울

(4) 해설 4; 다른 한자로 표시하면,

---

19)   "가시리" 원본에는 '위'의 한자가 "위(偉)"임, 출처; 국립국악원, 가시리, 인터넷 네이버
        "위(偉)"의 뜻; 훌륭하다, 크다, 아름답다

20)   "가시리" 원본에는 '위'의 한자가 "위(偉)"임, 출처; 국립국악원, 가시리, 인터넷, 네이버
        "위(偉)"의 뜻; 훌륭하다, 크다, 아름답다.

위 중즐가 대~ (謂 贈櫛歌 大~),

촛불 켜 놓고 노래하네라고 일컬으니, 많은 백성이 ~~

"즐(櫛)"; 머리빗, 타다 남은 초   "가(歌)"; 노래

(5) 해설 5; 한자로 표시하고, 해석하면, 소리는 원문에서 변화,

위 중절가 대~ (謂 增節稼 大~),

예절 잘 지키고 곡식 많이 심네라고 일컬으니, 많은 백성이 ~~

"증(增)"; 더할   "절(節)"; 예절, 규칙   "가(稼)"; 양식, 곡식

(6) 해설 6; 다른 한자로 표시하면,

위 중절가 대~ (謂 憎竊假 大~),

훔치는 것과 거짓말 미워하네라고 일컬으니, 많은 백성이 ~~

"증(憎)"; 미울   "절(竊)"; 훔칠   "가(假)"; 거짓

(7) 해설 7; 다른 한자로 표시하면,

위 중절가 대~ (謂 憎竊駕 大~),

훔치는 것과 멍에, 구속이나 억압 미워하네라고 일컬으니, 많은 백성이 ~~

"가(駕)"; 멍에, 구속, 억압

위 중절가 대~ (謂 憎竊苛 大~),

훔치는 것과 가혹한 것 미워하네라고 일컬으니, 많은 백성이 ~~

"가(苛)"; 가혹할

위 중절가 대~ (謂 憎竊枷 大~),

훔치는 것과 큰 범죄 미워하네라고 일컬으니, 많은 백성이 ~~

"가(枷)"; 칼, 형틀의 하나

나. 전체부; 다양한 새 해석 모두 기록

6. 사모곡[21]

(원문)

날히어신 마라난

어이이신 마라난

위 덩더둥셩

(해석)

1) 날히어신 마라난

원문

날 히어신(新) 안하는데 ≫ 날 히어 처음에 않는데 ≫ 날 세게 처음에 않는데,

날 세게 처음에 않는데,

"히다"; '세다'의 방언,　　"신(新)"; 새, 새로운, 처음, 처음으로

"마라난"의 동사 원형은 "말다", 뜻; 아니하다

한자로 하면,

날 히어신(新) 안하는데 ≫ 날세신(捺細新) 안하는데 ≫ 눌러서 가늘게 처음에 않는데,

눌러서 가늘게 처음에 않는데,

"날(捺)"; 누를　　"세(細)"; 가늘

한자로 하면, 마라난 ≫ 만아란(慢訝難),

게으름을 피고 어렵다 ≫ 안하다, 안하다

"만(慢)"; 게으를   "아(訝)"; 의심할, 맞이할   "난(難)"; 어려울

말아란(末訝亂) ≫ 시간의 끝까지 어지럽히다 ≫ 안하다, 안하다
"말(末)"; 시간의 끝   "아(訝)"; 의심할, 맞이할   "란(亂)"; 어지럽히다

마라난(馬邏難) ≫ "말을 둘러막기 어렵다", 또는 "말이 순찰하기 어렵다" ≫ 안하다, 안하다
"마(馬)"; 말   "라(邏)"; 순찰하다, 둘러막다   "난(難)"; 어려울

2) 어이이신 마라난

원문

어이이신(裏神) 안하는데 ≫ 어이 가슴속 정신으로 안하는데 ≫ 어머니 가슴속 정신으로 안하는데,

"어머니 가슴속 정신으로 안하는데" 또는 "엄청나게 큰 사람 가슴속 정신으로 안하는데",

"어이"; 짐승의 어미, 엄청나게 큰 사람이나 사물,   "이(裏)"; 가슴속, 속

"신(神)"; 정신, 혼, 귀신   "마라난"의 동사 원형은 "말다", 뜻; 아니하다

다른 한자로 하면,

어이이신(以神) 안하는데 ≫ 어이 정신으로 안하는데≫ 어머니 정신으로 안하는데,

"어머니 정신으로 안하는데" 또는 "엄청나게 큰 사람 정신으로 안하는데",

"이(以)"; ~써, ~로, ~를 가지고

다른 한자로 하면,

어이이신(以信) 안하는데 ≫ 어이 믿음으로 안하는데 ≫ 어머니 믿음으로 안하는데,

"어머니 믿음으로 안하는데" 또는 "엄청나게 큰 사람 믿음으로 안하는데",

"신(信)"; 믿을

한자로 하면, 어이이신 ≫ 어이이신(御罹以信) 안하는데,

근심 다스리기를 믿음으로 안하는데

"어(御)"; 거느릴, 다스리다   "이(罹)"; 걸릴, 근심

3) 위 덩더둥셩

원문

(1) 해설 1; 한자로 표시하고, 해석하면, 소리는 원문에서 변화,

위 정저두서(謂 丁底頭鋤),

장정이 고무래로 땅을 고르지만, 어머니는 머리 수건 두르고, 잡초 꼭대기 잡고, 일머리 생각하며, 호미로 김매는 것을 일컫네.

"위(謂)"; 일컬을   "정(丁)"; 장정, 고무래   "저(底)"; 밑, 바닥, 속, 내부
"두(頭)"; 머리, 꼭대기   "서(鋤)"; 호미, 김매다

(2) 해설 2; 다른 한자로 표시하면,

위 정정두서(謂 丁町頭鋤),

장정이 밭두둑을 만들지만, 어머니는 머리 수건 두르고, 잡초 꼭대기 잡고, 일머리 생각하며, 호미로 김매는 것을 일컫네.

"정(町)"; 밭두둑, 밭, 경작지

(3) 해설 3; 다른 한자로 표시하면,

위 정전두서(謂 丁佃頭鋤),

장정이 밭을 갈지만, 어머니는 머리 수건 두르고, 잡초 꼭대기 잡고, 일머리 생각하며, 호미로 김매는 것을 일컫네.

"전(佃)"; 밭 갈다

(4) 해설 4; 다른 한자로 표시하면,

위 정어두서(謂 丁於頭鋤),

　장정에게 농사일 의지하지만, 어머니는 머리 수건 두르고, 잡초 꼭대기 잡고, 일머리 생각하며,
호미로 김매는 것을 일컫네.

　"어(於)"; 의지하다, 어조사(~에, ~에서)

(5) 해설 5; 다른 한자로 표시하면,

위 정어두서(謂 丁御兜鋤),

장정이 농사일 이끌지만, 어머니는 머리 수건 두르고 호미로 김매는 것을 일컫네.

"위(謂)"; 일컬을　　"정(丁)"; 장정, 고무래　　"어(御)"; 다스리다, 통솔하다

"두(兜)"; 두건　　"서(鋤)"; 호미, 김매다

(6) 해설 6; 다른 한자로 표시하면,

위 정저주서(謂 丁底姝鋤),

장정이 고무래로 땅을 고르지만, 곱고 연약한 어머니는 호미로 김매는 것을 일컫네.

"주(姝)"; 곱다, 연약한

(7) 해설 7; 다른 한자로 표시하면,

위 정거주서(謂 丁據姝鋤),

장정이 근원이지만, 곱고 연약한 어머니는 호미로 김매는 것을 일컫네.

"거(據)"; 근원, 근거

(8) 해설 8; 다른 한자로 표시하면,

위 정거주서(謂 丁据姝鋤),

장정에 의지하지만, 곱고 연약한 어머니는 호미로 김매는 것을 일컫네.

"거(据)"; 의지할

7. 동동[22]

원문; 첫째 연

곰배

받잡고

림배

호날, 나서라 오소이다

아으 動동動동다리

(해석)

1) 곰배

원문

한자로 표시하면,

곤배(琨杯), 아름다운 돌이나 옥돌로 만든 그릇

"곤(琨)"; 옥돌, 아름다운 돌   "배(杯)"; 그릇, 잔, 대접

2) 받잡고

원문

받아 잡다 ≫ 받아 잡고 ≫ 받아 붙들어 손에 넣고

"받잡고"의 동사 원형은 "받잡다"이며, '받아 잡다'의 줄임말,

"받다"; 물건 따위를 가지다   "잡다"; 붙들어 손에 넣다

---

3) 림배

원문

한자로 표시하면,

인배(璘杯), 옥빛이나 옥의 광채가 나는 그릇

"인(璘)"; 옥빛, 옥의 광채   "배(杯)"; 그릇, 잔, 대접

4) 호날 나서라 오소이다

원문

한자로 표시하면,

혼(魂)을 나서라(하고) 오시옵소서

"혼(魂)"; 마음, 생각, 넋

"나사라"; 비키라, 먼저 나가거라   "나서다"; 앞이나 밖으로 나와 서다

모두 한자로 표시하면,

혼날(魂捺) 나사서라(拏徙棲蘿) 오소소이다(鰲塑燒離多),

 혼을 억누르고 붙잡아 옮겨 깃들게 하여, 쑥을 볶아 향초 형체를 만들어 불붙여 쑥 향기 나오면,

혼이 많이 떠나간다

 "혼(魂)"; 마음, 생각, 넋   "날(捺)"; 누를, 억누르다   "나(拏)"; 붙잡을

 "사(徙)"; 옮길   "서(棲)"; 깃들일,   "라(蘿)"; 쑥

 "오(鰲)"; 볶을   "소(塑)"; 흙 빚을, 형체를 만들다

 "소(燒)"; 불사를, 타다   "이(離)"; 떠날, 떼어 놓다   "다(多)"; 많을, 낫다, 뛰어나다

 "혼날(魂捺)" 대신 "혼알(魂閼)" 적용 가능하다,

 "알(閼)"; 가로막을

5) 아으 동동다리

원문

(1) 해설 1; 한자로 표시하고, 해석하면, 소리는 원문에서 변화,

아의 동동다리(我依 動動多裏)

내가 의지한다, 마음이나 사물을 움직여서, 속마음 아름답게 여기소서

원문 "아으" 해석은 앞 항목, 정읍사; "4. 3) 아으" 해석과 같음.

"동(動)"; 움직일　　"다(多)"; 아름답게 여기다, 많을　　"리(裏)"; 속, 마음

(2) 해설 2; 다른 한자로 표시하면,

아의 동동다리(我依 動動多俚)

내가 의지한다, 마음이나 사물을 움직여서, 자주 부탁드린다

"리(俚)"; 부탁하다

(3) 해설 3; 다른 한자로 표시하면,

아의 동동다리(我依 動動多履)

내가 의지한다, 마음이나 사물을 움직여서, 신발 신고 자주 오시옵소서

"리(履)"; (신을) 신다, 밟을

(4) 해설 4; 다른 한자로 표시하면,

아의 동동다리(我依 動動多鯉)

내가 의지한다, 마음이나 사물을 움직여서, 편지 서찰 많이 주시옵소서

"리(鯉)"; 편지, 서찰, 잉어

(5) 해설 5; 다른 한자로 표시하면,

아의 동동다리(我依 動憧多理)

내가 의지한다, 마음이나 사물을 움직여서, 그리워하니, 잘 보살펴 주옵소서

"동(憧)"; 그리워하다, 동경할   "리(理)"; 다스릴

(6) 해설 6; 다른 한자로 표시하면,

아유 동동다리(我諭 動董多利)

내가 타이르네, 움직여서 견고하게 하여, 이로움 많게 하자

원문 "아으" 해석은 앞 항목, 정읍사; "4. 3) 아으" 해석과 같음.

"동(動)"; 움직일   "동(董)"; 견고하다

"다(多)"; 많을   "리(利)"; 이로울

(7) 해설 7; 다른 한자로 표시하면,

아유 동동다리(我諭 動同多利),

내가 타이르네, 함께 움직여서, 이로움 많게 하자

"동(同)"; 함께, 한가지

(8) 해설 8; 다른 한자로 표시하면,

아유 동동다리(我諭 動動多利),

내가 타이르네, 마음이나 사물을 움직여서, 또 움직여서 이로움 많게 하자

"동(動)"; 움직일

(9) 해설 9; 앞 항목 (6), (7)과 (8)에서, "리(利)" 대신 "리(理)"로 표시하고, 해석하면,

아유 동동다리(我諭 動董多理)

내가 타이르네, 움직여서 견고하게 하여, 잘 다스리게 하자

"리(理)"; 다스릴

아유 동동다리(我諭 動同多理),

내가 타이르네, 함께 움직여서, 잘 다스리게 하자

아유 동동다리(我諭 動動多理),

내가 타이르네, 마음이나 사물을 움직여서, 또 움직여서 잘 다스리게 하자

8. 경기민요 닐리리야[23]

원문; (아래)

(해석)

1) 닐리리야
원문

(1) 해설 1; 한자로 표시하고, 해석하면, 소리는 원문같이 변화,

닐이이야(尼罹怡也), 근심 말고 기뻐하자

"닐(尼)"; 말릴   "니(尼)"; 여승   "이(罹)"; 근심하다

"이(怡)"; 기쁠   "야(也)"; 어조사(~이다, 느냐?, 도다, 구나), 잇기

(2) 해설 2; 다른 한자로 표시하면,

닐이이야(尼離怡也), 떠나지 말고 기뻐하자

"이(離)"; 떠나다

(3) 해설 3; 다른 한자로 표시하면,

닐일이야(尼逸怡也), 가지 말고 기뻐하자

"일(逸)"; 달아나다, 편안할

(4) 해설 4; 다른 한자로 표시하면,

니일이야(尼佾怡也), 가까이 와 줄춤 추고 기뻐하자

나. 전체부; 다양한 새 해석 모두 기록　　　　　　　　　　　　　　　　　　*81*

“일(佾)”; 줄춤   “니(尼)”; 가까이하다

2) 니나노

원문

(1) 해설 1; 한자로 표시하고, 해석하면,

니나노(尼喇努), 나팔 가지고 열심히 불자

“니(尼)”; 가까이 하다   “나(喇)”; 나팔   “노(努)”; 힘쓸

(2) 해설 2; 다른 한자로 표시하면,

니나오(尼喇娛), 나팔 불고 즐겁게 하자

“오(娛)”; 즐길

(3) 해설 3; 다른 한자로 표시하면,

니나오(尼那娛), 화평하다 어찌 즐겁지 않냐

“니(尼)”; 화평하다   “나(那)”; 어찌

(4) 해설 4; 다른 한자로 표시하면,

니나로(尼懦路), 나약함 바로잡으면 도리에 맞는다

“니(尼)”; 바로잡다, 화평하다   “나(懦)”; 나약할   “로(路)”; 도의, 길

(5) 해설 5; 다른 한자로 표시하면,

니나로(尼懶路), 게으름 바로잡으면 도리에 맞는다

“나(懶)”; 게으를

3) 난실로

원문

    고전시가 신해석

(1) 해설 1; 한자로 표시하고, 해석하면, 소리는 원문같이 변화,

난실노(難悉勞), 일에만 전념하기 싫다

"난(難)"; 어려울, 꺼리다   "실(悉)"; 다, 남김없이, 깨닫다   "노(勞)"; 일할

(2) 해설 2; 다른 한자로 표시하면, 난실노(難悉老), 완전히 늙어가기 싫다

(3) 해설 3; 다른 한자로 표시하면, 난실오(難悉惡), 완전히 미워하기 싫다

(4) 해설 4; 다른 한자로 표시하면, 난실오(難悉嗚), 완전히 슬퍼하기 싫다

(5) 해설 5; 다른 한자로 표시하면, 난실오(難悉懊), 완전히 한탄하기 싫다

(6) 해설 6; 다른 한자로 표시하면, 난실오(難悉誤), 완전히 그르치기 싫다

(7) 해설 7; 다른 한자로 표시하면, 난실오(難失娛), 오락을 버리기 싫다

"노(老)"; 늙을   "오(惡)"; 미워할   "오(嗚)"; 슬플

"오(懊)"; 한할   "오(誤)"; 그르칠   "실(失)"; 잃을

"오(娛)"; 즐길

(8) 해설 8; 다른 한자로 표시하면, 난실(蘭室)로, 여인의 방으로

"난(蘭)"; 난초   "실(室)"; 집, 방

"난실(蘭室)"; 아름다운 여인의 방이나 착한 사람의 방을 비유적으로 이르는 말, 난초를 가꾸는 온실

다른 한자로 표시하면, 난실(暖室)로, 따뜻한 방으로

"난(暖)"; 따뜻할

"난실(暖室)"; 따뜻한 방

9. 경기민요 오봉산 타령[24]

원문; (아래)

(해석)

1) 에루화

원문

(1) 해설 1; 한자로 표시하고, 해석하면, 소리는 원문같이 변화,

애루화(愛屢花), 여러 가지 꽃 사랑하자

"애(愛)"; 사랑　　"루(屢)"; 여러　　"화(花)"; 꽃

2) 에헤요

원문

(1) 해설 1; 한자로 표시하고, 해석하면, 소리는 원문같이 변화,

애해요(愛偕謠), 함께 사랑하고 노래하세

"애(愛)"; 사랑　　"해(偕)"; 함께　　"요(謠)"; 노래

3) 어허야

원문

(1) 해설 1; 한자로 표시하고, 해석하면,

---

24)　　출처, 오봉산 타령, 국립국악원; 인터넷 네이버

어허야(於虛也), 헛된 것을 의지하는구나

"어(於)"; 어조사(~에, ~에서), 의지하다   "허(虛)"; 빌, 헛되다

"야(也)"; 어조사(~이다, 구나)

(2) 해설 2; 다른 한자로 표시하면,

어허야(御虛也), 헛된 것을 하는구나

"어(御)"; 거느릴, 다스리다

(3) 해설 3; 다른 한자로 표시하면,

어허야(於噓也), "소리 내는 것에 의지하는구나" 또는 "울음으로 달래는구나"

"허(噓)"; 불다, 울다

나. 전체부; 다양한 새 해석 모두 기록

10. 어부사시사[25)]

원문, 춘사, 첫째 연

1) 지국총 지국총 어사와

원문

(해석)

(1) 해설 1; 한자 뜻으로 해석하면,

(한자는 원본에 있는 것이며, 해석은 새로운 것임)

지국총(至匊悤) 지국총(至匊悤) 어사와(於思臥)

바쁘게 손으로 움켜내고, 서둘러 움켜내고, 생각에 잠기며, 쉰다

"지(至)"의 뜻; 이를, (영향을) 미치다, 도달하다

"국(匊)"; 움켜뜰, 움킬   "총(悤)"; 바쁠, 서두르다, 총명하다

"어(於)"; 어조사(~에, ~에서), 의지하다   "사(思)"; 생각

"와(臥)"; 휴식하다, 누울, 엎드리다

상세해설; 그물에 잡힌 물고기를 그물에서 떼어내는 일, 또는 논이나 밭의 잡초를 뽑는 일, 추수 때 논에 익은 벼 포기를 움켜잡아 낫으로 자르는 일, 베틀에서 베 짜는 일, 볏짚으로 가마니와 비슷한 자루(섬) 만드는 일, 옷감에 수를 놓는 일이나 바느질 하는 일의 동작의 일부분을 묘사함.

(2) 해설 2; 한자 뜻을 다른 관점으로 해석하면,

---

25)   출처, 어부사시사; 나무위키, 인터넷 네이버

지국총(至匊恩) 지국총(至匊恩) 어사와(於思臥)

미움 바쁘게 일어나는, 미움 바쁘게 자주 일어나는 생각에 엎드린다.

상세해설; 죄송한 마음 자주 끊임없이 생각나, 멀리 계신 임금을 향하여 엎드린다.

"지(至)"의 뜻; (영향을) 미치다, 에서 "미" 발음 이용 (향가 표기 방식), "국(匊)"의 뜻; 움켜뜰, 움킬, 에서 "움" 발음 이용 (향가 표기 방식), "총(恩)"의 뜻; 바쁘다, 에서 합하여, "미움 바쁘다"로 해석한다. 원작가가, "미움"을 표현하는 데, 의도적으로 향가 표기 방법을 써 암호화했다고 추정함. 같은 한자로 "해설 1"과 "해설 2"의 뜻을 갖지만, "해설 2"의 뜻이 세상에 널리 퍼지면, 정치적 분쟁이 야기될 수 있으므로, "해설 2"에서는 암호화하여 뜻을 감추었다. (이유; 원작가는 유배지에서 근신 중으로 표현의 제약을 받음.)

(3) 해설 3; 다른 한자로 표현해 해석하면,

지국총(漬麴寵) 지국총(漬麴恩) 어사와(於篩瓦)

술 담그는 것 좋아하고, 서둘러 술 담그고, 체로 걸러서 질그릇에 술을 넣네

"지(漬)"; 담그다   "국(麴)"; 누룩, 술   "총(寵)"; 사랑할

"총(恩)"; 바쁠, 서두르다, 총명하다   "어(於)"; 어조사(~에, ~에서), 의지하다

"사(篩)"; 체, 체질하다.   "와(瓦)"; 질그릇, 기와

다른 한자로 표현해 해석하면,

지국총(漬麴寵) 지국총(至局恩) 어사와(於篩瓦)

술 담그는 것 좋아하고, 술 잘 익은 시기 되면, 체로 걸러서 질그릇에 술 넣네

"지(至)"; 이를, (영향을) 미치다, 도달하다   "국(局)"; 판(바둑), 판국, 형편

"원작가께서는 '해설 1' 원문을 쓸 당시에, '해설 3'을 구상했습니까?"라고, 원작가(400여 년 전 작가)에게 질문해 보면, 원작가는 "구상했다"라고 답할 것으로 추정함.

(4) 해설 4; 다른 한자로 표현해 해석하면,

지국총(至局聰) 지국총(至局寵) 어사와(御仕訛)

많이 귀 밝히며, 많이 귀여워하면, 잘못되게 섬기는 것이다.

"지(至)"; 이를, (영향을) 미치다, 도달하다   "국(局)"; 판(바둑), 판국, 마을, 관청, 형편

"총(聰)"; 귀밝을   "총(寵)"; 사랑할   "어(御)"; 거느릴

"사(仕)"; 섬길   "와(訛)"; 그릇될

"귀밝을"; 소식이나 정보 따위에 빠르고 능통함.

"해설 4"의 뜻도 세상에 널리 퍼지면, 정치적으로 큰 분쟁이 야기될 수 있는 것이다. 원작가는 "해설 1"의 원문만 기록으로 남겼지만, 세상의 지식인들이 "해설 4"의 뜻을 생각해 주기를 기대했다고 추정함.

(5) 해설 5; 다른 한자로 표현해 해석하면,

지극총(至極聰) 지극총(至極寵) 어사와(御唆訛)

많이 귀 밝히며, 많이 귀여워하면, 잘못되게 부추기는 것이다.

"지(至)"; 이를, (영향을) 미치다, 도달하다   "극(極)"; 극진할

"총(聰)"; 귀밝을   "총(寵)"; 사랑할   "어(御)"; 거느릴

"사(唆)"; 부추길   "와(訛)"; 그릇될

"해설 5"의 뜻도 세상에 널리 퍼지면, 정치적으로 큰 분쟁이 야기될 수 있는 것이다. 원작가는 "해설 1"의 원문만 기록으로 남겼지만, 세상의 지식인들이 "해설 5"의 뜻을 생각해 주기를 기대했다고 추정함.

(6) 해설 6; 다른 한자로 표현해 해석하면,

지국총(至菊慇) 지국총(至菊慇) 어사와(於思臥)

                                        고전시가 신해석

큰 국화꽃 바쁘게 피고, 시간 지나면서 제각각 피어오르고, 생각에 잠기며 쉰다.

"지(至)"; 이를, (영향을) 미치다, 도달하다　　"국(菊)"; 큰 국화

"총(悤)"; 바쁠, 서두르다, 총명하다　　"어(於)"; 어조사(~에, ~에서), 의지하다

"사(思)"; 생각　　"와(臥)"; 휴식하다, 누울, 엎드리다

"원작가께서는 '해설 1' 원문을 쓸 당시에, '해설 6'을 구상했습니까?"라고, 원작가(400여 년 전 작가)에게 질문해 보면, 원작가는 "구상했다"라고 답할 것으로 추정함.

"지국총 지국총 어사와" 표현은 한글과 소리로 상기 해설한 여섯 가지 뜻을 내포하며, 해당하는 한자의 뜻 표현은 "한자는 뜻을 갖는 글자"의 특징을 보여 줌. 농어촌의 생활 정서를 표현하고, 신하의 우국충정과 굳은 절개를, 하나의 소리로 동시에 표출한 것은 원작가의 천재적 재능과 기개를 나타낸다.

11. 쌍화점[26]

(특기사항)

한자를 다르게 선택하여 적용하면, 크게 다르게 해석되어 "비도덕적 표현"이 될 수 있다.

이 글에서는 이러한 선택과 적용을 포함시키지 않음.

원문, 첫째 연

가고신댄

다로러거디러

더러둥셩 다리러디러

다로러

위 위

그 잔 대가티 덤ㅅ거츠니 업다

(해석)

1) 가고신댄

원문

가고신대인(加告愼待因), 알리고 신중하게 기다린 것으로 인하여

"가(加)"; 더할   "고(告)"; 알릴   "신(愼)"; 삼갈

"대(待)"; 기다릴   "인(因)"; 인할

다른 한자로 하면,

가고신대인(加告愼待燐), 알리고 신중하게 기다리는데 도깨비불같이

"인(燐)"; 도깨비불(까닭 없이 저절로 일어나는 불)

다른 한자로 하면,

가고진대인(加告盡待燐), 알리고 기다리는 시간 끝나면서 도깨비불같이

"진(盡)"; 다할, 끝나다

다른 한자로 하면,

가고신대인(暇考申待因), 틈을 생각하고 거듭 기다린 것으로 인하여

"가(暇)"; 틈   "고(考)"; 생각할   "신(申)"; 거듭, 되풀이하여

"대(待)"; 기다릴   "인(因)"; 인할

다른 한자로 하면,

가고신대인(家告愼待因), 가족에게 알리고, 신중하게 기다린 것으로 인하여

"가(家)"; 가족, 집   "고(告)"; 알릴   "신(愼)"; 삼갈

다른 한자로 하면,

가고신대인(街告愼待因), 한길 지나가서 알리고, 신중하게 기다린 것으로 인하여

"가(街)"; 거리, 한길(사람이나 차가 많이 다니는 넓은 길)

다른 한자로 하면,

가고신대인(街敲愼待因), 한길 지나가서 두드려 알리고, 신중하게 기다린 것으로 인하여

"고(敲)"; 두드릴

2) 다로러거디러

원문

(1) 해설 1; 한자로 표시하고, 해석하면, 소리는 원문에서 변화,

다로어거지어(茶路於遽摯御), 길가의 찻집에서 갑자기 손을 붙잡다

"다(茶)"; 차   "로(路)"; 길, 도의, 도리   "어(於)"; 어조사(~에, ~에서)

"거(遽)"; 급할, 갑자기   "지(摯)"; 잡을   "어(御)"; 다스리다, 거느리다

다른 한자로 표시하면,

다로어거지로(茶路於遽摯怒), 길가의 찻집에서 갑자기 손을 붙잡아 성냈다

"로(怒)"; 성낼

다른 한자로 표시하면,

다로어거지어(茶路於遽摯禦), 길가의 찻집에서 갑자기 손을 붙잡아 막았다

"어(禦)"; 막다

다른 한자로 표시하면,

다로어거지로(茶路於遽摯虜), 길가의 찻집에서 갑자기 손을 붙잡다

"로(虜)"; 사로잡을

(2) 해설 2; 다른 한자로 표시하고, 해석하면, 소리는 원문에서 변화,

다로어거지어(茶路於据至御), 길가의 찻집에서 의지하여 살아간다

"거(据)"; 의지할   "지(至)"; 이를   "어(御)"; 다스리다, 거느리다

다른 한자로 표시하면,

다로어거지로(茶路於据至勞), 길가의 찻집에서 의지하여 일한다

"로(勞)"; 일할

다른 한자로 표시하면,

다로어거지어(茶路於距至語), 길가의 찻집에서 서로 떨어져 있으며, 이야기하다

 고전시가 신해석

"거(距)"; 떨어져 있다   "어(語)"; 말씀

3) 더러둥셩

원문

(1) 해설 1; 한자로 표시하고, 해석하면, 소리는 원문에서 변화,

절어두서(絶於杜緒), 가로막아서 시초를 막다

"절(絶)"; 끊다   "어(於)"; 어조사(~에, ~에서)

"두(杜)"; 막을   "서(緒)"; 시초, 실마리

다른 한자로 표시하면,

절어두서(絶於杜棲), 가로막아서 잠자지 않다

"서(棲)"; 깃들일, 살다

(2) 해설 2; 다른 한자로 표시하면,

절어두서(節於杜棲), 예절 지켜서 잠자지 않다

"절(節)"; 예절

(3) 해설 3; 다른 한자로 표시하면,

저어두서(躇於逗緒), 주저해서 머무른 것이 시초이다

"저(躇)"; 머뭇거릴   "두(逗)"; 머무를

(4) 해설 4; 다른 한자로 표시하면,

저어두서(抵於逗緒), 거절하고 머무른 것이 시초이다

"저(抵)"; 막다   "두(逗)"; 머무를

(5) 해설 5; 다른 한자로 표시하면,

저어두서(躇於逗逝), 주저해서 머무르고 갔다

"서(逝)"; 갈, 가다, 죽다

(6) 해설 6; 다른 한자로 표시하면,

저어두서(齟於逗逝), 어긋나서(약속이 서로 맞지 않아서) 머무르고 갔다

"저(齟)"; 어긋날

4) 다리러디러

원문

(1) 해설 1; 한자로 표시하고, 해석하면, 소리는 원문에서 변화,

다리어지어(茶離於至禦), 찻집을 떠나가서 멈추었다

"다(茶)"; 차　　"리(離)"; 떠날　　"어(於)"; 어조사(~에, ~에서)

"지(至)"; 이를　　"어(禦)"; 막을

다른 한자로 표시하면,

다리어지로(茶離於至怒), 찻집을 떠나가서 성내었다

"로(怒)"; 성낼

다른 한자로 표시하면,

다리어지로(茶離於至路), 찻집을 떠나가서 도리를 지켰다

"로(路)"; 길, 도의, 도리

다른 한자로 표시하면,

다리어지로(茶離於至勞), 찻집을 떠나가서 일하러 가다

"로(勞)"; 일할

다른 한자로 표시하면,

다리어지어(茶離於之御), 찻집을 떠나가서 가다

"지(之)"; 갈, 가다   "어(御)"; 거느릴

다른 한자로 표시하면,

다리어지어(茶離於地御), 찻집을 떠나가서 목적지로 가다

"지(地)"; 땅, 장소, 노정

다른 한자로 표시하면,

다리어지로(茶離於之露),

가) 찻집을 떠나가서, 좋은 술 마시다,

나) 찻집을 떠나가서, 저녁 이슬 내릴 때 가다,

다) 찻집을 떠나가서, 옥외(건물의 밖)에서 이슬 맞으며 잠자다

"로(露)"; 이슬, 좋은 술

다른 한자로 표시하면,

다리어지어(茶離於摯禦), 찻집을 떠나가서 손을 잡는 것을 막다

"지(摯)"; 잡을   "어(禦)"; 막다

다른 한자로 표시하면,

다리어질어(茶離於叱御), 찻집을 떠나가서 꾸짖다

"질(叱)"; 꾸짖을

5) 다로러

원문

한자로 표시하고, 해석하면, 소리는 원문에서 변화,

다로어(茶路於), 길가의 찻집에서

"다(茶)"; 차　　"로(路)"; 길, 도의, 도리

"어(於)"; 어조사(~에, ~에서)

6) 위 위

원문

(1) 해설 1; 한자로 표시하고, 해석하면,

위 위(謂危), 위험한 것을 말하는 것이다

"위(謂)"; 일컬을　　"위(危)"; 위태할

(2) 해설 2; 다른 한자로 표시하면,

위 위(謂爲), 행동한 것을 말하는 것이다

위 위(謂違), 어기는 것을 말하는 것이다

위 위(謂僞), 거짓을 말하는 것이다

위 위(謂衛), 지키는 것을 말하는 것이다

"위(爲)"; 할　　"위(違)"; 어길

"위(僞)"; 거짓　　"위(衛)"; 지킬

7) 그 잔 대가티 덤ㅅ거츠니 업다

원문

(1) 해설 1; 해석하면,

그 자는 데가 꼼꼼하지 못하거나 야무지지 못하고, 더하여, 겹쳐서,

불편함이 어디보다 더 심하다

"덤ㅅ"의 뜻은 아래와 같이 추정한다.

"덤"의 뜻; 제 값어치 외에, 거저로, 조금 더 얹어 주는 일이나 그런 물건

"덧"의 뜻; '거듭' 또는 '겹쳐'의 뜻을 더하는 접두사

"거칠다"의 뜻; 꼼꼼하지 못하거나 야무지지 못하다

(2) 해설 2; 다른 뜻으로 해석하면,

(원문; 그 잔 대가티 덤ㅅ거츠니 업다)

그 자는 데가 꺼림이, 더하여, 겹쳐서, 불편함이 어디보다 더 심하다

"거치다"의 뜻; 마음에 거리끼거나 꺼리다

"덤ㅅ거치다"의 뜻; 더하거나, 겹쳐서, 마음에 거리끼거나 꺼리다 (불편하다)

"덤ㅅ거츠니"의 뜻; 더하거나, 겹쳐서, 마음에 거리끼거나 꺼리는 사물, 장소나 사람

(3) 해설 3; 다른 한자로 표시하여, 해석하면,

(원문; 그 잔 대가티 덤ㅅ거츠니 업다)

교(喬) 잔대(棧對, 棧待, 棧大, 棧帶, 棧臺 또는 棧擡) ≫ 높은 잔대

높은 잔대같이 꺼림이, 더하여, 겹쳐서, 두려워함이 어디보다 더 심하다

"교(喬)"; 높을

"잔대(棧對)"; 절벽을 잇는 다리를 마주하는 것

"잔대(棧待)"; 절벽을 잇는 다리를 기다리는 것

"잔대(棧大)"; 절벽을 잇는 큰 다리

"잔대(棧帶)"; 절벽을 잇는 다리 근처

"잔대(棧臺)"; 절벽을 잇는 다리를 받치는 높게 두드러진 평평한 땅

"잔대(棧擡)"; 절벽을 잇는 다리를 들어 올리는 두드러진 평평한 땅

"잔(棧)"; 잔교(棧橋), 사다리

"잔교(棧橋)"; 절벽과 절벽 사이에 높이 걸쳐 놓은 다리

나. 전체부; 다양한 새 해석 모두 기록

“대(對)”; 대할, 마주하다　　“대(待)”; 기다릴　　“대(大)”; 큰

“대(帶)”; 띠, 근처　　“대(臺)”; 높게 두드러진 평평한 땅

“대(擡)”; 들어 올리다, 쳐들다　　“교(橋)”; 다리, 교량

“거치다”의 뜻; 마음에 거리끼거나 꺼리다

“덤ㅅ거치다”의 뜻; 더하거나, 겹쳐서, 마음에 거리끼거나 꺼리다 (무섭거나, 두렵다)

“덤ㅅ거츠니”의 뜻; 더하거나, 겹쳐서, 마음에 거리끼거나 꺼리는 사물, 장소나 사람

(4) 해설 4; 다른 한자로 표시하여, 해석하면,

(원문; 그 잔 대가티 덤ㅅ거츠니 업다)

가) 그 잔대(殘黛)같이, 더하거나, 겹쳐서, 곱지 않은 것이 없거나, 험한 것이 없다

(그 잔대(그린 눈썹 남은 것)가 가장 곱지 않거나, 가장 험하다) 또는,

(그 잔대(그린 눈썹 남은 것)가 있는 여인이 가장 곱지 않거나, 가장 험하다)

“잔(殘)”; 남을

“대(黛)”; 눈썹먹, 눈썹먹으로 그린 눈썹, 여자의 눈썹

“잔대(殘黛)”의 뜻; 눈썹먹 그린 후 (그린 눈썹) 남은 것

“거칠다”의 뜻; 나무나 살결이 곱지 않고, 험하다, 꼼꼼하지 못하거나 야무지지 못하다

“덤ㅅ거칠다”의 뜻; 더하거나, 겹쳐서, 나무나 살결이 곱지 않고, 험하다

“덤ㅅ거츠니”의 뜻; 더하거나, 겹쳐서, 곱지 않고, 험한 사물, 장소나 사람

“그”를 “교(膠)”로 적용 때,

교(膠) 잔대(殘黛)같이, 더하거나, 겹쳐서, 곱지 않은 것이 없거나, 험한 것이 없다

(아교풀로 붙인 잔대(그린 눈썹 남은 것)가 가장 곱지 않거나, 가장 험하다)

“교(膠)”; 아교, 아교풀

“그”를 “교(翹)”로 적용 때,

교(翹) 잔대(殘黛)같이, 더하거나, 겹쳐서, 곱지 않은 것이 없거나, 험한 것이 없다

(꽁지깃, 머리꾸미개와 잔대(그린 눈썹 남은 것)가 가장 곱지 않거나, 가장 험하다)
"교(翹)"; 꽁지깃, 머리꾸미개

"그"를 "교(嬌)"로 적용 때,
교(嬌) 잔대(殘黛)같이, 더하거나, 겹쳐서, 곱지 않은 것이 없거나, 험한 것이 없다
(아리따운 잔대(그린 눈썹 남은 것)가 가장 곱지 않거나, 가장 험하다)
"교(嬌)"; 아리따울, 사랑스럽다

"그"를 "교(橋)"로 적용 때,
교(橋) 잔대(殘黛)같이, 더하거나, 겹쳐서, 곱지 않은 것이 없거나, 험한 것이 없다
(다리 모양 잔대(그린 눈썹 남은 것)가 가장 곱지 않거나, 가장 험하다)
"교(橋)"; 다리, 교량

(원문; 그 잔 대가티 덤ㅅ거츠니 업다)
나) 그 잔대(孱黛)같이, 더하거나, 겹쳐서, 곱지 않은 것이 없거나, 험한 것이 없다
(그 잔대(가냘프고 약한, 그린 눈썹)가 가장 곱지 않거나, 가장 험하다)
"잔(孱)"; 가냘프고 약한
"대(黛)"; 눈썹먹, 눈썹먹으로 그린 눈썹, 여자의 눈썹
"잔대(孱黛)"의 뜻; 가냘프고 약한, 눈썹먹으로 그린 눈썹

"그"를 "고(告)"로 적용 때,
고(告) 잔대(孱黛)같이, 더하거나, 겹쳐서, 곱지 않은 것이 없거나, 험한 것이 없다
(알리는 바, 잔대(가냘프고 약한, 그린 눈썹)가 가장 곱지 않거나, 가장 험하다)
"고(告)"; 알리다

"그"를 "고(菰)"로 적용 때,
고(菰) 잔대(孱黛)같이, 더하거나, 겹쳐서, 곱지 않은 것이 없거나, 험한 것이 없다

(향초 외로이 켜 있고, 잔대(가냘프고 약한, 그린 눈썹)가 가장 곱지 않거나, 가장 험하다)

"고(菰)"; 향초, 외롭다

(원문; 그 잔 대가티 덤ㅅ거츠니 업다)

다) 그 잔대(殘黛)같이 점거친이(占居親裏) 업다

그 잔대(殘黛)같이, 속마음을 가깝게 차지하여 점령하는 것은 없다

(그 잔대(그린 눈썹 남은 것)가 가장, 속마음을 가깝게 차지하여 점령한다)

"점(占)"; 점령할, 차지하다   "거(居)"; 살, 차지하다   "친(親)"; 친할, 가깝다

"이(裏)"; 속, 속마음

"거(居)" 대신 적용하면, 그 잔대(殘黛)같이 점거친이(占據親裏) 업다,

그 잔대(殘黛)같이, 속마음을 가깝게 차지하여 점령하는 근거는 없다

(그 잔대(그린 눈썹 남은 것)가 가장, 속마음을 가깝게 차지하여 점령하는 근거다)

"거(據)"; 근거, 근원

한자로 하면, 가티 ≫ 각이(覺以) ≫ 깨달음으로써 ≫ 같이

같이

"각(覺)"; 깨달을   "이(以)"; ~써, ~로, ~에 따라, ~때문에

한자로 하면, 업다 ≫ 엄다(掩多) ≫ 숨기는 것이 많다 ≫ 없다

없다

"엄(掩)"; 가릴, 숨기다   "다(多)"; 많을, 더 좋다

8) 쌍화점

원문

(해석); 아래와 같은 해석이 가능함.

(1) 해설 1; 한자 표시는 원문에서 비롯된 것이며, 해석하면,

쌍화점(雙花店), 꽃(또는 꽃 형상을 한 물건) 파는 가게

"쌍(雙)";두, 둘, 쌍   "花"; 꽃, 꽃 형상을 한 물건   "점(店)"; 가게, 여관

(2) 해설 2; 다른 한자로 표시하면,

쌍화점(雙譁店), 둘의 수다로 시끄러운 가게

"화(譁)"; 시끄러울

(3) 해설 3; 다른 한자로 표시하면,

쌍화점(雙譁占), 둘의 수다로 시끄러움

"점(占)"; 점령하다, 점치다, 차지하다, 지키다

12. 이상곡(履霜曲)²⁷⁾

(원문 전체와 기존 해석; 인터넷 네이버, "이상곡" 검색, "블로그 배움의 진가" 선택)

원문, 앞부분

서린 석석사리

다롱디우셔 마득사리 마득너즈세 너우지

잠ㅅ다간 내 니믈 너겨

깃단 열명 길헤

(해석)

1) 서린 석석사리

원문

(1) 설인(雪因) 석석사리리(析石徙履唎),

눈으로 인한, 쪼개진 돌 밟고 옮겨 걸어서, 가는 소리 나는

"이(履)"; 밟을   "상(霜)"; 서리   "곡(曲)"; 굽을, 가락, 악곡

"설(雪)"; 눈   "인(因)"; 인할   "석(析)"; 쪼개다   "석(石)"; 돌

"사(徙)"; 옮길   "리(履)"; 밟을   "리(唎)"; 가는 소리

다른 한자로 하면, 설린(雪躪) 석석사리리(析石徙履唎),

눈을 짓밟아서, 쪼개진 돌 밟고 옮겨 걸어서, 가는 소리 나는

"린(躪)"; 짓밟을, (수레가 짓밟고) 지나가다

다른 한자로 하면, 설린(雪躙) 석석사리리(析石沙履唎),

눈을 짓밟아서, 쪼개진 돌 모래 밟고 걸어서, 가는 소리 나는

"사(沙)"; 모래

일부를 한글 뜻으로 해석하면; 석석사리 ≫ "석석" 소리(나는),

설린(雪躙) "석석" 소리(나는), 눈을 짓밟고 지나가서, "석석" 소리(나는)

2) 다롱디우셔

원문

한자로 표시하고, 해석하면, 소리는 원문에서 변화,

다롱[28]지우서(多弄至憂緖), 많이 놀면 근심 생기는 실마리 된다

"다(多)"; 많다   "롱(弄)"; 희롱할, 놀다   "지(至)"; 이를

"우(憂)"; 근심   "서(緖)"; 실마리, 시초

3) 마득사리

원문

(1) 해설 1; 한자로 표시하고, 해석하면,

마득사리(魔得邪理), 마귀는 간사한 생각 갖고 다스린다

"마(魔)"; 마귀, 악귀   "득(得)"; 얻을   "사(邪)"; 간사할

"리(理)"; 다스리다

(2) 해설 2; 다른 한자로 표시하면,

마륵사리(魔勒邪理), 마귀는 간사하게 재갈 물리듯 억지로 하며 다스린다

"륵(勒)"; 굴레, 재갈, 억지로 하다

---

28)   "정읍사"의 '다롱디리' 내용에 있는 상세 해석과 같음, 참고 바람.

나. 전체부; 다양한 새 해석 모두 기록 *103*

4) 마득너즈세

원문

(1) 해설 1; 한자로 표시하고, 해석하면, 소리는 원문에서 변화,

마득어주세(魔得語嗾世), 마귀는 말로 인간을 부추긴다

"마(魔)"; 마귀, 악귀   "득(得)"; 얻을   "어(語)"; 말

"주(嗾)"; 부추기다   "세(世)"; 인간, 세상

(2) 해설 2; 다른 한자로 표시하면,

마득어주세(魔得語呪世), 마귀는 말로 인간을 저주한다

"주(呪)"; 빌, 저주하다

(3) 해설 3; 다른 한자로 표시하면,

마득어조세(魔得語操世), 마귀는 말로 인간을 조종한다

"조(操)"; 잡을, 조종하다

(4) 해설 4; 다른 한자로 표시하면,

마득어조세(魔得語釣世), 마귀는 말로 인간을 유혹한다

"조(釣)"; 낚을, 유혹하다

(5) 해설 5; 다른 한자로 표시하면,

마득어조세(魔得齬釣世), 마귀는 어긋나게 하여 인간을 유혹한다

"어(齬)"; 어긋날

상기 (1)항~(5)에서, "득(得)" 대신 "륵(勒)"을 적용할 수 있다

"륵(勒)"; 굴레, 재갈, 억지로 하다

5) 너우지

원문

(1) 해설 1; 한자로 표시하고, 해석하면, 소리는 원문에서 변화,

어우지(御憂止), 근심을 다스려서 그치게 한다

"어(御)"; 다스리다   "우(憂)"; 근심   "지(止)"; 그칠

(2) 해설 2; 다른 한자로 표시하면,

어우지(於祐至), 복 받기를 의지하다

"어(於)"; 의지하다   "우(祐)"; 복   "지(至)"; 이를

(3) 해설 3; 다른 한자로 표시하면,

여우지(勵于智), 지혜를 쓰기를 권장한다

"여(勵)"; 권장하다, 힘쓰다   "우(于)"; 행하다   "지(智)"; 지혜

(4) 해설 4; 다른 한자로 표시하면,

로우지(路憂止), 도의를 행하여 근심을 그치게 한다

"로(路)"; 길, 도리, 도의   "우(憂)"; 근심   "지(止)"; 그칠

(5) 해설 5; 다른 한자로 표시하면,

나우지(儺憂止), 푸닥거리를 하여 근심을 그치게 한다

"나(儺)"; 역귀 쫓을, 푸닥거리   "우(憂)"; 근심   "지(止)"; 그칠

6) 잠ㅅ다(시있다)간 내 니믈 너겨

원문

잠(暫)시 있다 간 내 님을(으로) 여겨, 잠시 있다 간 내 님을(으로) 여겨

"잠(暫)"; 잠깐

한자로 하면, 잠시다 간 내 임 여기어(暫施多 看 奈 恁 如企於),

잠시 살아서 많이 지켰으나, 어찌 임으로 생각하고 계획하고 의지할까

"시(施)"; 베풀, 행하다   "다(多)"; 많을   "간(看)"; 볼, 지키다

"내(奈)"; 어찌   "임(恁)"; 생각할, 님   "여(如)"; 같을

"기(企)"; 꾀할, 도모하다   "어(於)"; ~에, ~에서, 의지하다

7) 깃단 열명 길헤

원문

한자로 표시하고, 해석하면, 소리는 원문에서 변화,

기(祇) 있다는 열명(烈冥) 길에, 땅귀신 있다는 사나운 황천 가는 길에

"기(祇)"; 땅귀신   "열(烈)"; 세찰, 사나울   "명(冥)"; 어두울, 황천

"길헤"를 한자로 표시하면,

기(祇) 있다는 열명(烈冥) 길해(佶垓), 땅귀신 있다는 사나운 황천 솟구쳐 오르는 지경에

"길(佶)"; 솟다, 솟구쳐 오르다   "해(垓)"; 지경(땅의 가장자리, 경계), 땅끝

원문, 중간부분

죵죵벽력(霹靂) 아

고대서 싀여딜 내 모미

(해석)

8) 죵죵벽력(霹靂) 아

원문

종종벽력(霹靂) 아, ≫ 종종벽력(慫鐘霹靂) 아아(啞餓)

종소리, 벼락, 천둥과 까마귀 우는 소리에 놀라 두렵고, 굶주려 괴로운

"종(慫)"; 놀라 두려워하다   "종(鐘)"; 쇠북, 종   "벽(霹)"; 벼락, 천둥

"력(靂)"; 벼락, 천둥   "아(啞)"; 까마귀 우는 소리   "아(餓)"; 주릴, 굶주림

9) 고대셔 싀여딜 내 모미

원문

고대서 싀여딜 내 모미, ≫ 고대(苦待)해서 시(施)여질 내 몸이,

"몹시 기다려서 행해질 내 몸이", 또는 "이제 막 행해질 내 몸이"

"고(苦)"; 쓸, 괴로운   "대(待)"; 기다릴   "고대(苦待)"; 몹시 기다림

"고대"; 이제 막, 바로 곧   "시(施)"; 행하다, 실시하다, 베풀

한글 뜻으로 해석하면; 고대(苦待)해서 쓰여질 내 몸이,

"몹시 기다려서 쓰여질 내 몸이", 또는 "이제 막 쓰여질 내 몸이"

"내 모미"를 한자로 하면; 고대해서 쓰여질, 내 모미(奈慕未),

몹시 기다려서 쓰여질 것을, 어찌 그리워하지 못하느냐

"내(奈)"; 어찌할고, 어찌   "모(慕)"; 그릴   "미(未)"; 아닐, 아니다, 못하느냐?

원문, 끝부분

년 뫼를거로리

이러쳐 뎌러쳐

이러쳐 뎌러쳐 긔약(期約)이잇가

한대 녀졋 긔약(期約)이이다

(해석)

10) 년 뫼를거로리

원문

년 뫼를거로리 ≫ 연(緣) 뫼를 걸(乞)리라 ≫ 연분 있는 뫼를 걸(乞)리라,

연분 있는, 무덤(속 사람)을 구걸하겠다,

"년(緣)"; 인연, 연분   "뫼"; 사람의 무덤   "걸(乞)"; 빌, 구걸하다

"구걸하다"; 물건 따위를 거저 달라고 빌다

(해설; 불가능한 방법을 생각하는 심정을 표현함)

부분을 한글 뜻으로 하면,

연(緣) 뫼를 걸리라 ≫ 연분 있는 뫼를 걸리라,

연분 있는, 무덤(속 사람)과 부부가 되도록 하리라, 또는

연분 있는, 무덤 속 사람과 같은 이(형편이 매우 안 좋은 사람)와 부부가 되도록 하리라

"거로리"의 동사 원형은 "걸다", 뜻은; 남녀 사이에 인연을 맺거나 부부가 되다(제주 방언)

다른 한자로 하면,

연(戀) 뫼를 걸리라 ≫ 그리워할 뫼를 걸리라,

그리워하는, 무덤(속 사람)과 부부가 되도록 하리라

"연(戀)"; 그리워할

다른 한자로 하면,

연(憐) 뫼를 걸리라 ≫ 불쌍히 여기는 뫼를 걸리라,

불쌍히 여기는, 무덤(속 사람)과 부부가 되도록 하리라

"연(憐)"; 불쌍히 여길

다른 한자로 하면,

연(聯) 뫼를 걸리라 ≫ 나란히 있는 뫼를 걸리라,

　　　　　　　　　　　　　　　　　　　　고전시가 신해석

나란히 있는, 무덤(속 사람)과 부부가 되도록 하리라
"연(聯)"; 나란히 하다, 연이을

한자로 하면, 년 뫼를거로리 ≫ 연(緣) 뫼를 거로리(據路履),
연분 있는, 무덤(속 사람)을 의지하여 길을 가겠다
"년(緣)"; 인연, 연분   "뫼"; 사람의 무덤   "거(據)"; 의지하다
"로(路)"; 길, 도리, 도의   "리(履)"; 밟다, 행하다

"로(路)" 대신, 다음을 적용할 수 있다,
"로(老)"; 늙을   "로(勞)"; 일할, 애쓰다

한자로 하면, 뫼를 ≫ 매알(埋謁), 무덤을 보고
"매(埋)"; 묻을   "알(謁)"; 뵐, 알리다

11) 이러쳐 뎌러쳐

원문

이러쳐 뎌러쳐, 이러쳐 뎌러쳐 긔약(期約)이잇가
이러하게 치(治)어 저러하게 치(治)어, 이러하게 치(治)여 저러하게 치(治)여, 맺은 기약이 있사오리까
이러하게 살피고 저러하게 살피어, 이러하게 보살핌을 받고 저러하게 보살핌을 받아, 맺은 ~~
"기(期)"; 기약할   "약(約)"; 맺을   "치(治)"; 다스릴, (질서가) 바로잡히다
"다스리다"; 국가나 사회, 단체, 집안의 일을 보살펴 관리하고 통제하다
"치(治)어"는 '본인이 보살펴'의 뜻이고, '치(治)여'는 '타인이 보살펴'(보살핌을 받아서, 도움 지시 받아서; 피동)의 뜻이다.

한자로 하면, 이러쳐 뎌러쳐 ≫ 일어치 절어치(溢於治 折於治),

넘치는 것에서 통제하고, 꺾이는 것에서 통제하여

"일(溢)"; 넘칠, 가득하다   "어(於)"; ~에, ~에서   "절(折)"; 꺾을, 값을 깎다

원문; 긔약(期約)이잇가, 긔약(期約)이잇가(以而可)

기약으로써 잇어(이어) 가는 것이 옳을까

"이(以)"; ~써, ~로, ~를 가지고   "이(而)"; 말이을, 말을 잇다   "가(可)"; 옳을

"가(可)" 대신 아래와 같은 다른 한자를 적용할 수 있다,

"가(佳)"; 아름답다, 훌륭하다   "가(嘉)"; 아름답다, 훌륭하다

"가(苛)"; 가혹할   "가(駕)"; 멍에   "가(訶)"; 꾸짖을

12) 한대 녀졋 긔약(期約)이이다

원문

한대 녀졋 긔약(期約)이이다, 한대(寒待) 여져시(時) 기약이이다(期約以彝多)

소홀히 대접하여 얹은(더 덧붙이다) 때 기약(期約)으로 변하지 않아 아름답게 여기다

"한(寒)"; 찰   "대(待)"; 기다릴

"한대(寒待)"; 정성을 들이지 않고 아무렇게나 하는 대접

"여져" 의 동사 원형은 엊다, 뜻은; '얹다(위에 올려놓다)'의 옛말,

"시(時)"; 때   "기(期)"; 기약할   "약(約)"; 묶을

"이(以)"; ~써, ~로, ~를 가지고   "이(彝)"; 떳떳할, 변하지 않다

"다(多)"; 많을, 아름답게 여기다, 더 좋다, 낫다

다른 한자로 하면,

~~ 기약이(期約履)이다, 소홀히 대접하여 얹은(더 덧붙이다) 때 기약(期約)을 행하겠습니다

~~ 기약이(期約移)이다, ~~ 기약(期約)을 옮기겠습니다

~~ 기약이(期約離)이다, ~~ 기약(期約)을 떠나겠습니다

~~ 기약이(期約易)이다, ~~ 기약(期約)치을 바꾸겠습니다

~~ 기약이(期約理)이다, ~~ 기약(期約)을 하소연하겠습니다

"이(履)"; 밟을, 행하다.　　"이(移)"; 옮길　　"이(離)"; 떠날

"이(易)"; 바꿀　　"이(理)"; 하소연하다

13. 정석가[29]

(특기사항)

한자를 다르게 선택하여 적용하면, 크게 다르게 해석되어 "비도덕적 표현"이 될 수 있다.

이 글에서는 이러한 선택과 적용을 포함시키지 않음.

원문, 둘째 연

삭삭기 셰몰애 별헤 나난

여해아와지이다.

(해석)

1) 삭삭기 셰몰애 별헤

원문

(1) 해설 1; 한자로 표시하고, 해석하면, 소리는 원문에서 변화,

삭삭기 세몰애 별해(朔朔起 歲歿厓 瞥垓),

초하루(음력 매월 1일) 처음 시작하여 일 년이 끝나는 한계에서, 깜짝할 지경에

"삭(朔)"; 초하루, 시초, 처음, 음력 매월 1일,　　"기(起)"; 시작하다, 일어날, 비롯하다

"세(歲)"; 해　　"몰(歿)"; 끝나다, 죽을

"애(厓)"; 끝, 한계, 언덕, 낭떠러지, 물가　　"별(瞥)"; 깜짝할, 잠간 보다, 눈을 깜짝하다

"해(垓)"; 지경(땅의 가장자리, 경계), 땅끝

"애(厓)" 대신 "애(涯)"(끝, 한계, 물가) 적용 가능하다.

---

29)　　출처, 정석가; 나무위키, 인터넷, 네이버

다른 한자로 표시하면,

삭삭기 세몰애 별해(朔數起 歲歿厓 瞥垓),

초하루 자주 시작하여 일 년이 끝나는 한계에서, 깜짝할 지경에

"삭(數)"; 자주 삭, 셈 수

(2) 해설 2; 다른 한자로 표시하면,

삭삭기 세몰애 별해(朔朔起 歲歿厓 別垓),

초하루 처음 시작하여 일 년이 끝나는 한계에서, 갈라지는 지경에

"별(別)"; 나눌, 나누다, 헤어지다

2) 나난[30]

원문

(1) 해설 1; 한자로 표시하고, 해석하면,

나난(那難)

"어찌 꺼리나" 또는 "어찌 어려운가"

"나(那)"의 뜻; 어찌   "난(難)"; 어렵다, 꺼리다

(2) 해설 2; 다른 한자로 표시하면,

나난(拏難)

"붙잡기 꺼리나" 또는 "붙잡기 어려운가"

"나(拏)"; 붙잡을

3) 여해아와지이다

원문

---

30)   "가시리"의 '나난' 내용에 있는 해석과 같음.

(1) 해설 1; 한자로 표시하고, 해석하면,

유덕(有德)하신 님을, 여해아와지(閭邂訝臥至)이다.

유덕(有德)하신 님을, 마을의 문에서 우연히 만나 영접하여 엎드리다

"여(閭)"; 마을의 문   "해(邂)"; 우연히 만날   "아(訝)"; 영접하다, 의심하다

"와(臥)"; 엎드리다(공손히 받들어 모심)   "지(至)"; 이를

"유(有)"; 있을   "덕(德)"; 큰, 베풀다(도와주어서 혜택을 받게 하다)

"유덕하신"; 덕이나 덕망이 있으신

"지(之)"; 갈, 영향을 끼치다   "지(志)"; 뜻, 마음

"해(諧)"; 화합할

"지(至)" 대신 "지(之)" 적용하면, 비슷한 뜻으로 해석된다.

"지(至)" 대신 "지(志)" 적용하면,

여해아와지(閭邂訝臥志)이다.

마을의 문에서 우연히 만나 영접하여 엎드리는 것을 생각하다

"해(邂)" 대신 "해(諧)" 적용하면,

여해아와지(閭諧訝臥至)이다.

마을의 문에서 화합하여 영접하여 엎드리다

(2) 해설 2; 다른 한자로 표시하면,

여해아와지(旅邂訝臥至)이다.

나그네를 우연히 만나 영접하여 엎드리다

"여(旅)"; 나그네

다른 한자로 표시하면,

여해아와지(旅該訝臥至)이다.

나그네를 포용하여 영접하여 엎드리다

"해(該)"; 갖출, 포용하다

(3) 해설 3; 다른 한자로 표시하면,

여해아와지(慮邂訝臥至)이다.

생각하고 우연히 만나 영접하여 엎드리다

"여(慮)"; 생각하다, 헤아려 보다

(4) 해설 4; 다른 한자로 표시하면,

여해아와지(慮諧訝臥至)이다.

생각하고 화합하여 영접하여 엎드리다

"여(慮)"; 생각하다, 헤아려 보다   "해(諧)"; 화합할

원문, 셋째 연

삼동(三同)이 퓌거시아

(해석)

4) 삼동(三同)이 퓌거시아

원문

옥으로 연꽃을 새기고, 접을 붙이고, 꽃이 피고(1회),

1회 후에, 같게 하여, 꽃이 피고(2회),

2회 후에, 같게 하여, 꽃이 피고서야(3회)

"삼(三)"; 석   "동(同)"; 한가지, 무리, 함께

다른 뜻으로 하면, 삼동(三同)이 퓌거시아,

"옥으로 연꽃을 새기고, 접을 붙이고, 꽃이 피고서야"를 자주 거듭해 피고서야

"삼(三)"; 자주, 거듭

다른 한자로 표시하면, 삼동(森同)이 퓌거시아,

"옥으로 연꽃을 새기고, 접을 붙이고, 꽃이 피고서야"를 반복하여,

연꽃이 무성하게 피고서야

"삼(森)"; 수풀, 무성한 모양, 많은 모양

한자로 하면, 삼동(三同)이 퓌거시아 ≫ 피거시아(披擧蒔芽),

삼동(三同)이, 씨가 헤치고 일어나서, 모종 내어 심고, 싹 트다

"피(披)"; 헤칠, 열다   "거(擧)"; 들, 일으키다   "시(蒔)"; 모종 낼, 심다

"아(芽)"; 싹, 트다

고전시가 신해석

14. 널리 쓰이고 있으나 불명확한 단어나 구절 (1차)

1) 아리랑

원문

(해석)

(1) 해설 1; 한자로 표시하면,

아리랑 아리랑 아라리요(我離郎 我離郎 知我離了)

쓰리랑 쓰리랑 쓰라리요(苦離朗 苦離朗 苦我離了)

아리 아리 동동(我離 我離 動[動])

쓰리 쓰리 동동(苦離 苦離 動[動])

한자 뜻으로 해석하면,

나의 이별하는 님, 나의 이별하는 님, 아십니까 내 이별을요

쓴 이별하는 님, 쓴 이별하는 님, 쓴 내 이별이요

나의 이별, 나의 이별, 가려는구나, [가려는구나][31]

쓴 이별, 쓴 이별, 가려는구나, [가려는구나]

"아(我)"; 나　　"리(離)"; 떠날　　"랑(郎)"; 사내

"지(知)"; 알(뜻으로 발음, 향가식 표기)　　"요(了)"; 마칠

"고(苦)"; 쓸(뜻으로 발음, 향가식 표기)

---

31)　　[가려는구나]는 보언(報言); 배우에게 "가려는 동작을 표현하라"고 지시함. 유튜브, 김영회TV 방송의 향가 해독을 다수 보고, 향가 해독법과 보언을 알게 되고, 공감하였으며, 이 방법을 바탕으로 위 원문에 대하여 뜻을 찾음. 또는 보언이 아니고, 구절의 의미를 반복 표현하는 것으로 추정한다.

(2) 아라리요(知我離了) 해설

지(知)의 뜻이 "알다"에서 뜻의 발음 이용[32]하여 "알라리요(知我離了)"로 되어 "아라리요"로 변화함. "지(知)" 대신 "식(識)" 이용해도 같은 뜻임.

(3) 쓰리랑(苦離朗) 해설

고(苦)의 뜻이 "쓸, 쓰다, 괴롭다"에서 뜻의 발음 이용[33]하여 "쓸리랑(苦離朗)"으로 되어 "쓰리랑"으로 변화함.

(4) 쓰라리요(苦我離了) 해설

고(苦)의 뜻이 "쓸, 쓰다, 괴롭다"에서 뜻의 발음 이용[34]하여 "쓸라리요(苦我離了)"로 되어 "쓰라리요"로 변화함.

(5) 쓰리(苦離) 해설

고(苦)의 뜻이 "쓸, 쓰다, 괴롭다"에서 뜻의 발음 이용[35]하여 "쓸리(苦離)"로 되어 "쓰리"로 변화함.

(6) 아라리요(知我離了)의 "요(了)" 대신 "요(療)"로 표기하면,

"아라리요(知我離療)"이며, 해석은

아십니까 내 이별 병 고칠 방법

"요(療)"의 뜻; 병 고칠

(7) 쓰라리요(苦我離了)의 "요(了)" 대신 "요(料)"로 표기하면,

"쓰라리요(知我離料)"이며, 해석은

쓴 내 이별 헤아립니까

"요(料)"의 뜻; 헤아릴

---

(8) 쓰리(苦離) 대신에 쓰리(悲離) 적용 때

비(悲)의 뜻이 "슬플"에서 뜻의 발음 이용하여 "슬리(悲離)"로 되어 "쓰리"로 변화함, 해석은
슬픈 이별

(9) 해설 2; 일부분을 다른 한자로 표시하면,

알리랑 알리랑 알알리요(閼離朗, 閼離朗, 知閼離了)

쓰리랑 쓰리랑 쓰알리요(苦離朗, 苦離朗, 苦閼離了)

알리 알리 동동(閼離 閼離 動[動])

쓰리 쓰리 동동(苦離 苦離 動[動])

한자 뜻으로 해석하면,

이별하는 님 가로막네, 이별하는 님 가로막네, 아십니까, 이별을 가로막는 것

쓴 이별하는 님, 쓴 이별하는 님, 쓴 이별 가로막는 것이요

가로막는 이별, 가로막는 이별, 가려는구나, [가려는구나]

쓴 이별, 쓴 이별, 가려는구나, [가려는구나]

"알(閼)"의 뜻; 가로막을, 그치다

(10) 해설 3; 일부분을 다른 한자로 표시하면,

알리랑 알리랑 알알리요(謁離朗, 謁離朗, 知謁離了)

쓰리랑 쓰리랑 쓰알리요(苦離朗, 苦離朗, 苦謁離了)

알리 알리 동동(謁離 謁離 動[動])

쓰리 쓰리 동동(苦離 苦離 動[動])

한자 뜻으로 해석하면,

이별하는 님 알리네, 이별하는 님 알리네, 아십니까, 이별을 알리는 것

쓴 이별하는 님 , 쓴 이별하는 님 , 쓴 이별 알리는 것이요

이별 알리는 것, 이별 알리는 것, 가려는구나, [가려는구나]
쓴 이별, 쓴 이별, 가려는구나, [가려는구나]

"알(謁)"의 뜻; 알리다, 뵐

(11) 해설 4; 일부분을 다른 한자로 표시하면,
아리랑 아리랑 아라리요(我罹朗, 我罹朗, 知我罹了)
쓰리랑 쓰리랑 쓰라리요(苦罹朗 苦罹朗 苦我罹了)
아리 아리 동동(我罹 我罹 動[動])
쓰리 쓰리 동동(苦罹 苦罹 動[動])

한자 뜻으로 해석하면,
나의 근심하는 님, 나의 근심하는 님, 아십니까 내 근심을요
쓴 근심하는 님 , 쓴 근심하는 님, 쓴 내 근심을요
나의 근심, 나의 근심, 근심하는구나, [근심하는구나]
쓴 근심, 쓴 근심, 하는구나, [근심하는구나]

"리(罹)"의 뜻; (병, 재앙에) 걸리다, 근심하다

(12) 해설 5; 일부분을 다른 한자로 표시하면,
아리랑 아리랑 아라리요(我理朗, 我理朗, 知我理了)
쓰리랑 쓰리랑 쓰라리요(苦理朗 苦理朗 苦我理了)
아리 아리 동동(我理 我理 動[動])
쓰리 쓰리 동동(苦理 苦理 動[動])

한자 뜻으로 해석하면,
나의 보살피는 님, 나의 보살피는 님, 아십니까 내 보살핌을요

쓴 보살피는 님 , 쓴 보살피는 님 , 쓴 내 보살핌을요

나의 보살핌, 나의 보살핌, 보살핌하는구나, [보살피는구나]

쓴 보살핌, 쓴 보살핌, 하는구나, [보살피는구나]

"리(理)"의 뜻; 다스리다, 국가나 사회, 단체, 집안의 일 보살펴 관리하고 통제하다

2) 쾌지나칭칭나네

원문

(해석)

(1) 해설 1; 한자로 표기하고, 해석하면,

쾌지 나칭칭 나네(快至 挐稱稱 挐來)

상쾌하고 즐거우네, 붙잡아서 곡식 무게를 달고, 무게를 달고, 곡식을 붙잡고 오네

"쾌(快)"의 뜻; 상쾌하고 즐거운 느낌   "지(至)"; 이를

"칭(稱)"; 곡식 무게를 달다, 저울질하다   "나(挐)"; 붙잡을

"내(來)"; 올

수확한 곡식의 무게를 달며 마음이 즐거운 것을 표현.

(2) 해설 2; 다른 한자로 표기하고, 해석하면,

쾌지 나칭 칭나네(快至 喇稱 稱喇來)

상쾌하고 즐거우네, 나팔 불고, 불며 나팔 오네

"나(喇)"의 뜻; 나팔   "칭(稱)"; 부르다, 일컬을

3) 어기야 디야 어기여차

원문

(해석)

(1) 원문 1; 어기야 디야 어기여차

원문을 한자로 표시하고, 해석하면, 소리는 원문과 같이 변화,

어기야 지이야 어기여차(漁企也 之移也 漁企與蹉)

물고기 잡으러 가자, 옮겨 가세, 고기 잡으러 더불어 미끄러져 가자

"어(漁)"; 고기잡을   "기(企)"; 바랄   "야(也)"; 어조사(~구나, ~이다)

"지(之)"; 갈   "이(移)"; 옮길   "여(與)"; 더불어

"차(蹉)"; 미끄러질

(2) 원문 2; 어기야 디여어차 어기야 디여어 어기여차

원문을 한자로 표시하고, 해석하면, 소리는 원문과 같이 변화,

어기야 지여어차 어기야 지여어 어기여차(漁企也 之與漁蹉 漁企也 之與漁 漁企與蹉)

물고기 잡으러, 더불어 고기 잡으러 미끄러져 가자, 고기 잡으러,

더불어 고기 잡으러 가세, 고기 잡으러 더불어 미끄러져 가자.

(3) 원문 3; 어기야 디여차 어야 디야 어기여차

원문을 한자로 표시하고, 해석하면, 소리는 원문과 같이 변화,

어기야 지여차 어야 지야 어기여차(漁企也 之與蹉 漁也 之也 漁企與蹉)

물고기 잡으러, 더불어 미끄러져 가자, 고기 잡으러,

가자, 고기 잡으러 더불어 미끄러져 가세

(4) 해석; 위 (3)항의 "차(蹉)"를 "차(且)"로 추정하는 때,

어기야 지여차 어야 지야 어기여차(漁企也 之與且 漁也 之也 漁企與且)

물고기 잡으러, 더불어 또 가자, 고기 잡으러,

가자, 고기 잡으러 더불어 또 가세

"차(且)"의 뜻; 또

4) 영치기 영차

원문

(해석)

한자로 표시하고, 해석하면,

영치기 영차(營熾氣 永嵯), 기운을 많게 하여, 길게 하며, 우뚝 솟게 하자

"영(營)"; 경영할, 꾀하다, 짓다   "치(熾)"; 성할   "기(氣)"; 기운

"영(永)"; 길게 하다, 길   "차(嵯)"; 우뚝 솟을

줄당기기 놀이할 때, "영치기 영차"를 외쳐서, 선수들이 힘 쓰는 시간의 시작을 같게 하여, 힘의 크기가 최대가 되게 함.

현재 위 해석과 같거나, 비슷한 뜻으로 사용되며, 한자 표기와 뜻을 참고할 수 있다.

5) 얼씨구씨구, 들어간다

원문, "각설이 타령"의 구절

얼씨구씨구, 들어간다, 절씨구씨구, 들어간다

(해석)

(1) 해설 1; 원문을 한자로 표시하고, 해석하면, 소리는 원문과 같이 변화,

얼씨구 시구(孼氏求 [示軀]) 들어간다

절씨구 시구(節氏求 [示軀]) 들어간다

얼굴 씻구(孼氏求) 몸을 보이는 동작을 하며 [시구; 示軀][36]) 들어간다

---

36)   "시구[示軀]"는 보언(報言); 배우에게 "몸을 보이는 동작을 표현하라"고 지시함, 또는 "몸을 보이는 동작을 하며"로 해석한다.

저를 씻구(節氏求) 몸을 보이는 동작을 하며 [시구; 示軀] 들어간다

"얼(孼)"; 근심, 서자   "씨(氏)"; 성씨   "구(求)"; 구할

"시(示)"; 보일   "구(軀)"; 몸   "절(節)"; 마디

각설이가 동냥을 얻으러 집에 들어갈 때, 깨끗하게 하고 [몸을 보이는 동작을 하며] 들어간다.

"얼(孼)"의 해석은 한자 뜻이 아닌, 발음인 "얼"로 해석한다. "얼"은 "얼굴"의 줄임말이 되기도 한다.

"시구(氏求)"의 해석은 한자 뜻이 아닌, 발음인 "씨구" ≫ "씻구"로 해석한다.

"절(節)"의 해석은 한자 뜻이 아닌, 발음인 "절" ≫ "저를"로 해석한다.

(2) 해설 2; 원문을 한자로 표시하고, 해석하면, 소리는 원문과 같이 변화,

얼시구 시구(孼 示求 示求) 들어간다

절시구 시구(節 示求 示求) 들어간다

얼굴 보이(示)[37] 구(求), 보이(示) 구(求) 들어간다

저를 보이(示) 구(求), 보이(示) 구(求) 들어간다

각설이가 동냥을 얻으러 집에 들어갈 때, 얼굴 보이고 들어간다, 도둑은 몰래 들어간다.

(3) 해설 3; 원문을 한자로 표시하고, 해석하면, 소리는 원문과 같이 변화,

얼시구 시구(孼 示求 [示口][38]) 들어간다

절시구 시구(節 示求 [示口]) 들어간다

얼굴 보이(示) 구(求), [입을 보이며] 들어간다

저를 보이(示) 구(求), [입을 보이며] 들어간다

---

37)   뜻 "보일"이므로, 뜻의 발음을 이용하여 표시하고, "보이"로 적용함; 향가 표기 방법

38)   "시구[示口]"는 보언(報言); 배우에게 "입을 보이는 동작을 표현하라"고 지시함.

                                                               고전시가 신해석

각설이가 얼굴 보이며, 입을 가리키며, 배고픔 표시하며 들어간다.

(4) 해설 4; 다른 한자로 표시하면,

얼시구 시구(孼 示求 [施謳]³⁹⁾) 들어간다

절시구 시구(節 示求 [施謳]) 들어간다

근심을 보이(示) 구(求), [노래하며] 들어간다

예절을 보이(示) 구(求), [노래하며] 들어간다

"얼(孼)"; 서자, 천민, 근심   "시(示)"; 보일   "구(求)"; 구할

"시(施)"; 행하다, 베풀다   "구(謳)"; 노래하다   "절(節)"; 마디, 예절

6) 얼쑤

원문

(해석)

(1) 해설 1; 한자로 표시하면,

얼수(孼羞), "얼굴 부끄러워하다", 또는 "얼(정신의 줏대) 부끄러워하다"

"얼(孼)"; 근심, 서자   "수(羞)"; 부끄러워할

"얼(孼)"의 해석은 한자 뜻이 아닌, 발음인 "얼(정신의 줏대)"로 해석한다. "얼"은 "얼굴"의 줄임말
이 되기도 한다.

다른 한자로 하면, 얼수(孼秀), 얼굴 빼어나다

얼수(孼愁), 얼굴 근심하다

"수(秀)"; 빼어날   "수(愁)"; 근심

---

39)   [施謳]는 보언(報言); 배우에게 "노래하는 동작을 표현하라"고 지시함.

(2) 해설 2; 다른 한자로 표시하면,

얼수(孼竪), 얼굴 세우다

"얼(孼)"; 근심, 서자   "수(竪)"; 세울

"얼(孼)"의 해석은 한자 뜻이 아닌, 발음인 "얼(정신의 줏대)"로 해석한다. "얼"은 "얼굴"의 줄임말이 되기도 한다.

얼굴을 세우는 의미는 "자랑하는 표현", "미안함 없으며 떳떳함 표현"으로 추정한다.

현재 위 해석과 같거나, 비슷한 뜻으로 사용되며, 한자 표기와 뜻을 참고할 수 있다.

국어사전에서 "얼"의 뜻; 정신의 줏대, 겉에 드러난 흠, 다른 사람 때문에 공연히 당하는 피해나 고통, '탈'을 비유적으로 이르는 말.

국어사전에서 "얼굴"의 뜻; 머리 앞면, 머리 앞면의 생김새, 주위에 잘 알려져서 얻은 평판이나 명예나 체면.

7) 지화자, 좋구나

원문

(해석)

한자로 표시하면,

지화자(持貨資), 좋구나, 가지는구나, 내기 건 돈이나 재물, 좋구나

"지(持)"; 가질   "화(貨)"; 재물   "자(資)"; 재물

현재 위 해석과 같거나, 비슷한 뜻으로 사용되며, 한자 표기와 뜻을 참고할 수 있다.

8) 거시기

원문

(해석)

(1) 해설 1; 한자로 표시하면,

거시기(據示忌), "근거 보이기 꺼리는", "근거 알리기 꺼리는"

"거(據)"; 근거   "시(示)"; 보일, 알리다   "기(忌)"; 꺼릴

(2) 해설 2; 다른 한자로 표시하면,

거시기(據施忌), "근거 보이기 꺼리는", "근거 말하기 꺼리는"

"시(施)"; 베풀

현재 위 해석과 같거나, 비슷한 뜻으로 사용되며, 한자 표기와 뜻을 참고할 수 있다.

9) 야호

원문

(해석)

한자로 표시하면,

야호(惹號), 부르짖는다

"야(惹)"의 뜻; 이끌   "호(號)"; 부르짖을

다른 한자로 표시하면,

야호(惹呼), 부르다

야호(惹鎬), 좋은 경치, 빛나는 모양이다

야호(惹好), 좋아하다

야호(惹浩), 넓게 하다

"호(呼)"; 부르다   "호(鎬)"; 좋은 경치이다, 빛나는 모양

"호(好)"; 좋아하다   "호(浩)"; 넓게 하다

현재 위 해석과 같거나, 비슷한 뜻으로 사용되며, 한자 표기와 뜻을 참고할 수 있다.

10) 두둥실 두리둥실

원문

(해석)

원문을 한자로 표시하면,

두도실 두리도실(頭島悉 頭離島失)

머리 모양과 섬 다 보이네, 머리 모양 떠나가고 섬 달아나네

"두(頭)"; 머리, 꼭대기　　"도(島)"; 섬　　"실(悉)"; 깨닫다, 모두, 다

"리(離)"; 떠나가다　　"실(失)"; 잃어버리다, 달아나다

(1) 해설 1; 배가 출발하여 조금 나가면, 사람 머리와 섬이 모두 보이는데,

더 멀리 나가면, 사람 머리는 떠나가고 섬은 달아나네

(2) 해설 2; 배가 출발하여 조금 나가면, 섬 꼭대기가 모두 보이는데,

더 멀리 나가면, 섬 꼭대기는 떠나가고, 섬은 달아나네

11) 옹헤야 어절씨구 옹헤야

원문

(해석)

(1) 해설 1; 원문을 한자로 표시하면,

옹해야 어절시구 옹해야(雍解惹 禦絶始毆 雍解惹)

곡식 모으고 벗기자, 도리깨 도구 멈추고, 짧은 시간 끊고,

비로소 도리깨 도구 때리기 시작하세, 곡식 모으고 벗기자

"옹(雍)"; 화목하다, 기뻐하다, 모으다　　"해(解)"; 풀다, 벗다, 이해하다

"야(惹)"; 이끌　　"어(禦)"; 막을, 멈추다　　"절(絶)"; 끊을

고전시가 신해석

"시(始)"; 비로소   "구(毆)"; 때릴

　윗글의 "끊고"의 뜻은 "도리깨의 끝부분이 회전하게 되어 있고, 도리깨를 뒤 방향으로 위치시키는 직후에 연속하여 빠르게 정지시키면 끝부분이 회전하고 하늘 방향으로 가고, 도리깨를 내리치면 바닥을 효과적으로 쳐서 알곡 잘 털어내게 된다."

　보리나 기타 곡식 추수 때, 베어 온 농산물을 바닥에 놓고, 알곡을 털어내는 도리깨 작업하는 방법을 상세하게 표현한다.

　(2) 해설 2; 다른 한자로 표시하면,

　옹해야 어절시구 옹해야(雍偕惹 禦絶始毆 雍偕惹)

　곡식 모으고 함께 하자, 도리깨 도구 멈추고, 짧은 시간 끊고,

　비로소 도리깨 도구 때리기 시작하세, 곡식 모으고 함께 하자

　"해(偕)"의 뜻; 함께 할

　(3) 해설 3; 다른 한자로 표시하면,

　옹해야 어절시구 옹해야(雍垓惹 禦絶始毆 雍垓惹)

　곡식 땅 가장자리에 모으고, 도리깨 도구 멈추고, 짧은 시간 끊고,

　"해(垓)"의 뜻; 땅 가장자리, 경계

　　탈곡이 잘 되게 하는 방법이다.

　(4) 해설 4; 다른 한자로 표시하면,

　옹해야 어절시구 옹해야(雍懈惹 禦絶始毆 雍懈惹)

　곡식 헐렁하게 모으자, 도리깨 도구 멈추고, 짧은 시간 끊고,

　비로소 도리깨 도구 때리기 시작하세, 곡식 헐렁하게 모으자

　"해(懈)"의 뜻; 헐렁하다, 느슨해지다

　탈곡이 잘 되게 하는 방법이다.

12) 강강술래

원문

(해석)

(1) 해설 1; 원문을 한자로 표시하면,

강강수월래(康降壽月來)

편안한 삶 내려 주시고, 오래 사는 세월 오게 하소서

"강(康)"; 편안할   "강(降)"; 내리다   "수(壽)"; 목숨, 장수

"월(月)"; 세월, 달   "래(來)"; 올, 부르다

(2) 해설 2; 다른 한자로 표시하면,

강강수월래(康綱壽月來)

편안한 삶 내려 주시고, 법도와 기강이 바른 사회 되게 하시고, 오래 사는 세월 오게 하소서

"강(綱)"; 벼리, 법도와 사물을 총괄하여 규제하다

(3) 해설 3; 다른 한자로 표시하면,

강강수월래(康强壽月來)

편안한 삶 내려 주시고, 강하게 해 주시고, 오래 사는 세월 오게 하소서

"강(强)"; 강하게 하다

(4) 해설 4; 다른 한자로 표시하면,

강강술내(腔降述內)

원형 위치의 안쪽이 비게 하며, 손을 내리며, 원형 안쪽이 펼쳐지게 하라

"강(腔)"; 속이 빈   "강(降)"; 내리다   "술(述)"; 펼   "내(內)"; 안

　여러 사람이 원형으로 둥글게 위치하여 강강술래 춤 동작할 때, 원형 지름 크기가 작은 위치에서 원 외부 방향으로 이동하면, 내부가 빈 공간이 생기고, 하늘 방향을 향하여 옆 사람과 이어 잡은 손을, 허리 높이 정도 내리면, 원형 지름이 커지고, 안쪽의 빈 공간이 넓게 되며 펴진다.

고전시가 신해석

15. 널리 쓰이고 있으나 불명확한 단어나 구절 (2차)

(해석)

1) 아뿔싸
원문

(1) 해설 1; 한자로 표시하고, 해석하면, 소리는 원문같이 변화,

아불사(我不思), 내가 생각하지 못했다

"아(我)"; 나　　"불(不)"; 아닐　　"사(思)"; 생각

(2) 해설 2; 다른 한자로 표시하면,

아불사(我不仕), 내가 살피지 못했다, 섬기지 못했다

"사(仕)"; 섬길, 살피다

(3) 해설 3; 다른 한자로 표시하면,

아불사(我不司), 내가 살피지 못했다

"사(司)"; 엿볼, 살피다, 맡을

(4) 해설 4; 다른 한자로 표시하면,

아불사(我不伺), 내가 찾지 못했다

"사(伺)"; 엿볼, 찾다

(5) 해설 5; 다른 한자로 표시하면,

아불사(雅不思), 생각하지 못한 것이 맞다

"아(雅)"; 바르다   "불(不)"; 아닐   "사(思)"; 생각

(6) 해설 6; 다른 한자로 표시하면,

아불사(雅不査), 조사하지 못한 것이 맞다

"사(査)"; 조사하다

(7) 해설 7; 다른 한자로 표시하면,

아불사(雅不伺), 찾지 못한 것이 맞다

"아(雅)"; 바르다   "불(不)"; 아닐   "사(伺)"; 엿볼, 찾다

현재 위 해석과 같거나, 비슷한 뜻으로 사용되며, 한자 표기와 뜻을 참고할 수 있다.

2) 도리 도리

원문

한자로 표시하고, 해석하면,

도리(掉悧), 흔들고 영리하다

"도(掉)"; 흔들다   "리(悧)"; 영리하다

현재 위 해석과 같거나, 비슷한 뜻으로 사용되며, 한자 표기와 뜻을 참고할 수 있다. 아기를 보살
필 때, 쓰는 말.

3) 짝짜꿍

원문

(1) 해설 1; 한자로 표시하고, 해석하면, 소리는 원문같이 변화,

작자긍(作自矜), 스스로 자랑하다

"작(作)"; 지을   "자(自)"; 스스로   "긍(矜)"; 자랑할

(2) 해설 2; 다른 한자로 표시하면,

작자궁(作姿躬), 팔, 팔뚝 모양 만들다

"작(作)"; 지을   "자(姿)"; 모양   "궁(躬)"; 몸, 팔, 팔뚝

(3) 해설 3; 다른 한자로 표시하면,

작자궁(作恣躬), 팔, 팔뚝 마음대로 하다

"자(恣)"; 마음대로

(4) 해설 4; 다른 한자로 표시하면,

작자궁(作自窮), 스스로 다 하다

"작(作)"; 지을   "자(自)"; 스스로   "궁(窮)"; 다할

(5) 해설 5; 다른 한자로 표시하면,

작자구응(作自毆應), 스스로 때리고 맞장구치다

"작(作)"; 지을   "자(自)"; 스스로   "구(毆)"; 때릴, 치다

"응(應)"; 응할, 맞장구치다

현재 위 해석과 같거나, 비슷한 뜻으로 사용되며, 한자 표기와 뜻을 참고할 수 있다. 아기를 보살
필 때, 쓰는 말.

4) 죄암죄암
원문

죄암죄암(준말; 쥠쥠, 잼잼, 젬젬)
(1) 해설 1; 한자로 표시하고, 해석하면, 소리는 원문같이 변화,

지암(持暗), 손에 쥐고 숨기다

"지(持)"; 가질   "암(暗)"; 숨기다

(2) 해설 2; 다른 한자로 표시하면,

지암(摯暗), 손에 쥐고 숨기다

"지(摯)"; 잡을   "암(暗)"; 숨기다

(3) 해설 3; 다른 한자로 표시하면,

조암(操暗), 손에 쥐고 숨기다

"조(操)"; 잡을   "암(暗)"; 숨기다

현재 위 해석과 같거나, 비슷한 뜻으로 사용되며, 한자 표기와 뜻을 참고할 수 있다. 아기를 보살필 때, 쓰는 말.

5) 곤지곤지

원문

한자로 표시하고, 해석하면,

곤지(梱指), 손가락으로 두드리다

"곤(梱)"; 두드리다   "지(指)"; 손가락질하다, 가리킬

현재 위 해석과 같거나, 비슷한 뜻으로 사용되며, 한자 표기와 뜻을 참고할 수 있다. 아기를 보살필 때, 쓰는 말.

6) 어부바

원문

한자로 표시하고, 해석하면, 소리는 원문같이 변화,

어부보아(御負褓兒), 아이를 포대기로 싸고 등에 지어 모시다

"어(御)"; 거느릴, 다스리다   "부(負)"; 짐을 등에 지다   "보(褓)"; 포대기

"아(兒)"; 아이

현재 위 해석과 같거나, 비슷한 뜻으로 사용되며, 한자 표기와 뜻을 참고할 수 있다. 아기를 보살필 때, 쓰는 말.

7) 얼싸

원문

(1) 해설 1; 한자로 표시하고, 해석하면, 소리는 원문같이 변화,

얼사(孼捨), 근심 버리자

"얼(孼)"; 근심, 서자   "사(捨)"; 버리다

(2) 해설 2; 다른 한자로 표시하면,

얼사(孼思), "얼 생각하다" 또는 "얼굴 생각하다"

"얼(孼)"; 근심, 서자   "사(思)"; 생각하다

"얼(孼)"의 해석은 한자 뜻이 아닌, 발음인 "얼(정신의 줏대)"로 해석한다. "얼"은 "얼굴"의 줄임말이 되기도 한다.

(3) 해설 3; 다른 한자로 표시하면,

얼사(孼伺), "얼 엿보다, 살피다" 또는 "얼굴 엿보다, 살피다"

"얼(孼)"; 근심, 서자   "사(伺)"; 엿볼, 찾다

"사(司)"; 엿볼, 살피다   "사(仕)"; 섬길, 살피다

"얼(孼)"의 해석은 한자 뜻이 아닌, 발음인 "얼(정신의 줏대)"로 해석한다. "얼"은 "얼굴"의 줄임말이 되기도 한다.

"얼사(孼司)" 와 "얼사(孼仕)"도 위와 비슷하게 해석한다.

(4) 해설 4; 다른 한자로 표시하면,
얼사(孼詐), "얼 표정이나 표현을 속이다" 또는 "얼굴 표정이나 표현을 속이다"
"얼(孼)"; 근심, 서자   "사(詐)"; 속일, 거짓말하다

"얼(孼)"의 해석은 한자 뜻이 아닌, 발음인 "얼(정신의 줏대)"로 해석한다. "얼"은 "얼굴"의 줄임말
이 되기도 한다.

(5) 해설 5; 다른 한자로 표시하면,
얼사(容思), "얼 생각하다" 또는 "얼굴 생각하다"
"용(容)"; 얼굴   "사(思)"; 생각하다

"얼(容)"의 해설; 한자 "용(容)"의 뜻이 "얼굴"이므로, 뜻의 발음을 이용하여 "얼굴"로 발음한다(향
가식 표기법이다), "얼굴"의 줄임말이 "얼" 된다.

얼사(顏思), "얼 생각하다" 또는 "얼굴 생각하다"
"안(顏)"; 얼굴   "사(思)"; 생각하다

"얼(顏)"의 해설; 한자 "안(顏)"의 뜻이 "얼굴"이므로, 뜻의 발음을 이용하여 "얼굴"로 발음한다(향
가식 표기법이다), "얼굴"의 줄임말이 "얼" 된다.

현재 원문 뜻은 감탄사로 "흥거울 때 내는 소리" 또는 "보기에 아니꼬워서 조롱할 때 내는 소리"
현재 위 해석과 같거나, 비슷한 뜻으로 사용되며, 한자 표기와 뜻을 참고할 수 있다.

국어사전에서 "얼"의 뜻; 정신의 줏대, 겉에 드러난 흠, 다른 사람 때문에 공연히 당하는 피해나
고통, '탈'을 비유적으로 이르는 말.

국어사전에서 "얼굴"의 뜻; 머리 앞면, 머리 앞면의 생김새, 주위에 잘 알려져서 얻은 평판이나 명예나 체면.

8) 아롱다롱

원문

(1) 해설 1; 한자로 표시하고, 해석하면,

아롱다롱(娥朧多壟), 예쁘고 흐릿한 것이 밭이랑이 많은 것 모양이다

"아(娥)"; 예쁠   "롱(朧)"; 흐릿할, 분명하지 않다

"다(多)"; 많을, 아름답게 여기다   "롱(壟)"; 밭두둑, 밭이랑

(2) 해설 2; 다른 한자로 표시하면,

아롱다롱(雅朧多壟), 아름답고 흐릿한 것이 밭이랑이 많은 것 모양이다

"아(雅)"; 아름답다

현재 위 해석과 같거나, 비슷한 뜻으로 사용되며, 한자 표기와 뜻을 참고할 수 있다.

9) 바보

원문

한자로 표시하고, 해석하면, 소리는 원문같이 변화,

비아보(非雅普), 바르지 않은 것이 많다

"비(非)"; 아닐   "아(雅)"; 바르다, 맑을   "보(普)"; 넓을, 두루 미치다

현재 위 해석과 같거나, 비슷한 뜻으로 사용되며, 한자 표기와 뜻을 참고할 수 있다.

10) 아이고

원문

(1) 해설 1; 한자로 표시하고, 해석하면,

아이고(我罹辜), 내가 재난이 들다

“아(我)”; 나   “이(罹)”; 걸릴   “고(辜)”; 허물, 죄, 재난

(2) 해설 2; 다른 한자로 표시하면,

아이고(雅罹辜), 재난이 든 것이 확실하다

“아(雅)”; 바르다, 맑을

(3) 해설 3; 다른 한자로 표시하면,

아이고(亞罹辜), 재난이 든 것에 버금간다

“아(亞)”; 버금

(4) 해설 4; 다른 한자로 표시하면,

아이고(訝邇辜), 재난에 가까운 것으로 의심한다

“아(訝)”; 의심할   “이(邇)”; 가까울   “고(辜)”; 허물, 죄, 재난

(5) 해설 5; 다른 한자로 표시하면,

아이고(訝罹辜), 재난이 든 것으로 의심한다

“아(訝)”; 의심할   “이(罹)”; 걸릴   “고(辜)”; 허물, 죄, 재난

(6) 해설 6; 다른 한자로 표시하면,

아이고(訝易辜), 재난으로 바뀌진 것으로 의심한다

“아(訝)”; 의심할   “이(易)”; 바꾸다   “고(辜)”; 허물, 죄, 재난

현재 위 해석과 같거나, 비슷한 뜻으로 사용되며, 한자 표기와 뜻을 참고할 수 있다.

11) 으라차차

원문

(1) 해설 1; 한자로 표시하고, 해석하면, 소리는 원문같이 변화,

우라차차(于拏蹉車), 잡아당겨서 수레가 지나가게 하다

"우(于)"; 동작을 하다   "라(拏)"; 잡아당기다

"차(蹉)"; 지나가다   "차(車)"; 수레

(2) 해설 2; 다른 한자로 표시하면,

우라차차(于拏借嵯), 잡아당겨서 우뚝 솟게 하다

"차(借)"; 돕다

(3) 해설 3; 다른 한자로 표시하면,

우라차차(佑拏借嵯), 잡아당겨서 우뚝 솟게 하다

"우(佑)"; 도울   "라(拏)"; 잡아당기다   "차(借)"; 돕다

"차(嵯)"; 우뚝 솟을

현재 원문 뜻은 "힘을 모아 내지르는 소리"이다.

현재 위 해석과 같거나, 비슷한 뜻으로 사용되며, 한자 표기와 뜻을 참고할 수 있다.

12) 싸가지

원문

(1) 해설 1; 한자로 표시하고, 해석하면, 소리는 원문같이 변화,

사가지(事可智), 옳고 지혜있는 일이다

"사(事)"; 일, 재능   "가(可)"; 옳을   "지(智)"; 지혜

(2) 해설 2; 다른 한자로 표시하면,

사가지(思可智), 옳고 지혜있는 생각이다

"사(思)"; 생각   "가(可)"; 옳을   "지(智)"; 지혜

(3) 해설 3; 다른 한자로 표시하면,

사가지(辭可智), 옳고 지혜있는 말이다

"사(辭)"; 말   "가(可)"; 옳을   "지(智)"; 지혜

(4) 해설 4; 다른 한자로 표시하면,

사가지(謝可智), 옳고 지혜있는 것으로 보답하다

"사(謝)"; 사례할, 보답하다   "가(可)"; 옳을   "지(智)"; 지혜

(5) 해설 5; 다른 한자로 표시하면,

사가지(賜可智), 옳고 지혜있는 일 베풀다

"사(賜)"; 줄, 베풀   "가(可)"; 옳을   "지(智)"; 지혜

(6) 해설 6; 다른 한자로 표시하면,

사가지(仕可智), 옳고 지혜있는 일 찾다

"사(仕)"; 섬길, 살필   "가(可)"; 옳을   "지(智)"; 지혜

"사(司)"; 맡을, 살피다   "사(伺)"; 찾다, 엿볼

"사(仕)" 대신 "사(司)"나 "사(伺)"를 사용해도 비슷한 뜻이다.

(7) 해설 7; 다른 한자로 표시하면,

사가지(似可智), 옳고 지혜있는 일과 비슷하다

"사(似)"; 닮을, 같다, 비슷하다   "가(可)"; 옳을   "지(智)"; 지혜

현재 위 해석과 같거나, 비슷한 뜻으로 사용되며, 한자 표기와 뜻을 참고할 수 있다.

13) 어머나

원문

(1) 해설 1; 한자로 표시하고, 해석하면, 소리는 원문같이 변화,

엄어나(俺齬那), 어찌하여 크게 어긋났나

"엄(俺)"; 클, 어리석다   "어(齬)"; 어긋날, 맞지 않다   "나(那)"; 어찌, 어찌하여

(2) 해설 2; 다른 한자로 표시하면,

엄어아(俺齬訝), 크게 어긋난 것이 맞다

"아(訝)"; 맞다, 의심하다

(3) 해설 3; 다른 한자로 표시하면,

엄어아(俺齬雅), "크게 어긋난 것이 맞다" 또는 "어리석게 어긋난 것이 맞다"

"엄(俺)"; 클, 어리석다   "어(齬)"; 어긋날, 맞지 않다   "아(雅)"; 맞다, 맑을

(4) 해설 4; 다른 한자로 표시하면,

엄어아(嚴齬訝), 혹독하게 어긋난 것이 맞다

"엄(嚴)"; 엄할, 혹독할

현재 위 해석과 같거나, 비슷한 뜻으로 사용되며, 한자 표기와 뜻을 참고할 수 있다.

16. 결론

1) 결론 1

고전가요의 이해에 도움이 된다. 뜻이 불명확한 단어나 구절의 이해에 도움이 된다.

2) 결론 2

본 논문 내용이 홍보되고 교육되어, 많은 사람에게 감동과 감흥을 주기 바란다. 범위를 넓혀서, 모든 고전 문학 작품을 홍보하고, 지속적으로 즐겨 읽고 부르도록, 제도적인 계획을 수립하고, 실행하여, 국민 교양과 정서를 고양시키는 데 기여하기 바란다.

참고자료

「청산별곡」, 나무위키; 인터넷 네이버, 검색, 원문 중 부분 인용

「서경별곡」, 나무위키; 인터넷 네이버, 검색

「정읍사」, 나무위키; 인터넷 네이버, 검색

「가시리」, 나무위키; 인터넷 네이버, 검색

「가시리」, 국립국악원; 인터넷 네이버, 검색

「사모곡」, 나무위키; 인터넷 네이버, 검색

「동동」, 나무위키; 인터넷 네이버, 검색

「경기민요, 늴리리야」, 나무위키; 인터넷 네이버, 검색

「경기민요, 오봉산 타령」, 국립국악원; 인터넷 네이버, 검색

「어부사시사」, 나무위키; 인터넷 네이버, 검색

「쌍화점」, 나무위키; 인터넷 네이버, 검색

「이상곡」, 블로그 '배움의 진가', 2023. 04. 21.; 인터넷 네이버, 검색

어학사전, 한글 사전, 한자 사전, 영어사전; 인터넷 네이버, 검색

한자 사전; 한글과 컴퓨터, 한글 소프트웨어 자료

김영회TV-향가 해독; 인터넷 유튜브 방송, 방송 내용 다수

Abstract

○ Title; Interpretation of word or paragraph in the Korean classical song/daily life, the meaning of this is unknown or not clear.

○ Sub-title; Interpretation of word or paragraph in the Korean classical song, Chengsanbielgog and Segieongbielgog which are important part of teaching material, the meaning of that is unknown or not clear.

The meaning of word or paragraph in the Korean classical song of Chengsanbielgog and Segieongbielgog /daily life, is unknown or not clear. New interpretation of that helps us understand of the word or paragraph. New interpretation is possible to look for a Chinese character with same or similar pronounce and to apply their meaning.

1. Chengsanbielgog
   1) Before this paper, text "sae" is explained as "a bird" flying in the sky, but this paper interprets as "saa(沙魚; 사어)"[40] living under water.
   2) Text "Ingmudun janggulan" interprets as "Inga mugun mule janggunun galumdae".
   Two pieces of wood are connected to each other end with a thread, and is located on water surface with submerged a little bit, to decrease effect of water wave or stream, and one can see an object under water without deformation due to water wave or stream.
   3) "Yalliyalli yallangsieng yallali yalla" is the text. It is written by Chinese character as "Yaliyali yalangsieng yalali yala(揶罹揶罹 揶浪盛 惹懶理 惹懶)" The pronounce of this is changed to

---

40)　"a freshwater fish of carp family"; internet Naver, dictionary

that of the text, and this interprets as follows.

"Jeer and concern, jeer and concern,

increased like wave, cause to be lazy and cause to be lazy."

2. Segieongbielgog

1) "Ajulga" is the text. It is written by Chinese character as "Ajolga(我拙訶)" The pronounce of

this is changed to that of the text, and this interprets as follows.

"I am petty and scold."

2) "Dalingdili" is the text. It is written by Chinese character as "Daliingduli(多理仍杜離)". The

pronounce of this is changed to that of the text, and this interprets as follows.

"The part is stopped due to a lot of care."

3. The meaning of word or paragraph used in Korean daily life from old times is unknown or

not clear.

1) "Arirang arirang arariyo, srirang srirang srariyo" is the text. It is written by Chinese

character as follows.

"Arrirang arrirang ararriyo(閼離朗, 閼離朗, 知閼離了),

srirang srirang srarriyo(苦離朗, 苦離朗, 苦閼離了)"

Explanation about pronounce;

The meaning of "Ji(知; 지)" is "al"[41] and pronounce of "Ji" use "al" by way of write,

"Hiangga(향가)".

The meaning of "Go(苦; 고)" is "sl"[42] and pronounce of "Go" use "sl" by way of write,

"Hiangga(향가)".

The pronounce of this is changed to that of the text, and this interprets as follows.

"Keep from separating of lover, keep from separating of lover,

---

41)   "al" is Korean pronounce, and the meaning of this is recognize.

42)   "sl" is Korean pronounce, and the meaning of this is bitter or painful.

Do you know what it is to keep from separating,

Painful is separating of lover, painful is separating of lover,

painful is to keep from separating."

2) "jiwhaja, jokuna" is the text.

It is written by Chinese character as follows.

"jiwhaja(持貨資), jokuna"

This interprets as follows.

"Own the money or property to place a bet, good."

4. Conclusion

New interpretation of the words and paragraph help us find clear meaning, author's intention and additional meaning. It helps us understand the Korean classical song/words and improve our emotion.

○ Key Words

janggulan, yalliyalli, ejeangji, ajulga, widuelengseng, dalingdili, arirang, dudungsil, ganggangsullae, ongwheya

추가사항

1. 사슴이 2. 살어리 ~ 3. 해금을 혀거를

4. 그치리잇가 5. 셔울히 마르는 6. 졈그랄셰라

7. 즌 대를 8. 후강전(後腔全)져재 ~ 9. 달하 노피곰 도드샤

10. 머리곰 비취오시라 11. 그 잔 대 12. 죠고맛감 삿기 ~

13. 긔 자리예 나도 ~ 14. 주여이다 15. 깃단

16. 고대셔 17. 녀졋 18. 비오다가 개야 ~

19. 조븐 곱도신 길헤 20. 서린 석석사리 21. 자라오리잇가

22. 내 님 두옵고 23. 아소 님하 24. 가시리

2025년 3월 10일

1. 사슴이

추가사항(원문; 사슴이 짐ㅅ대예 올아서), 청산별곡

한자로 하면, 사슴이 짐ㅅ대 ≫ 사삼이 짐대(士滲怡 斟臺),

선비, 관리와 벼슬아치들이 스며들듯이 모여 즐거워하고,

술 따르는 무대에서, 해금 연주하는 것을 듣는다

"사(士)"; 선비, 관리, 벼슬아치 "삼(滲)"; 스며들 "이(怡)"; 기쁠, 즐거워할

"짐(斟)"; 술 따를 "대(臺)"; 무대

다른 한자로 하면, 사슴이 짐ㅅ대 ≫ 사사미 짐대(士娑媚 斟臺),

선비, 관리와 벼슬아치들이 춤추고 아첨하고,

술 따르는 무대에서, 해금 연주하는 것을 듣는다

"사(娑)"; 춤출 "미(媚)"; 아첨할

(원문; 짐ㅅ대예 올아셔), 한자로 하면,

짐ㅅ대예 올아셔 ≫ 예 올아서(曳 兀衙逝)

술 따르는 무대에 끌려서, 관청의 높고 평평한 곳에 가서

“예(曳)”; 끌, 끌리다   “올(兀)”; 우뚝할, (높고 위가) 평평하다.

“아(衙)”; 마을, 대궐, 관청   “서(逝)”; 갈

2. 살어리 ~

추가사항(원문; 살어리 살어리랏다), 청산별곡

원문은 한글 뜻으로 충분하며, 더하여 한자를 적용하면 뜻이 안에 있다,

한자로 하면, 살어리 살어리락다(撒漁理 撒漁理樂多)

(씨앗)뿌리며 물고기 잡고 집의 일 다스리며,

(씨앗)뿌리며 물고기 잡고 집의 일 다스리며, 즐기는 것이 더 좋다

“살(撒)”; 뿌릴   “어(漁)”; 물고기 잡을   “리(理)”; 다스릴, 다스리다

“락(樂)”; 즐길   “다(多)”; 더 좋다, 낫다, 많을

다른 한자로 하면, 살어리 살어리락다(煞漁犁 煞漁犁樂多)

물고기 잡는 일과 밭 가는 것을 총괄하네,

물고기 잡는 일과 밭 가는 것을 총괄하며, 즐기는 것이 더 좋다.

또는,

살풀이하고 물고기 잡고 밭 가네,

살풀이하고 물고기 잡고 밭 갈며, 즐기는 것이 더 좋다.

“살풀이”; 타고난 살(모질고 독한 귀신의 기운)을 풀려고 하는 굿

“살(煞)”; 죽일, 총괄하다   “리(犁)”; 밭 갈

다른 한자로 하면, 살어리 살어리락다(煞禦理 煞禦理樂多)

살풀이하여 막아서 다스리네,

살풀이하여 막아서 다스리고, 즐기는 것이 더 좋다.

“어(禦)”; 막을   “리(理)”; 다스릴, 다스리다

다른 한자로 하면, 사알어리 사알어리락다(士關漁犁 事關漁犁樂多)

선비나 관리를 그만두고 물고기 잡고 밭 가네,

직업이나 재능을 그만두고 물고기 잡고 밭 갈며, 즐기는 것이 더 좋다.

“사(士)”; 선비, 관리   “알(關)”; 가로막을   “어(漁)”; 물고기 잡을

“리(犁)”; 밭 갈   “사(事)”; 일, 직업, 재능

다른 한자로 하면, 사알리 사알리락다(士關犁 事關犁樂多)

선비나 관리를 그만두고 밭 가네,

직업이나 재능을 그만두고 밭 갈며, 즐기는 것이 더 좋다.

다른 한자로 하면, 사어리 사어리락다(士於離 事於離樂多)

선비나 관리에서 떠나네,

직업이나 재능에서 떠나서, 즐기는 것이 더 좋다.

“어(於)”; 어조사(~에, ~에서)   “리(離)”; 떠날

다른 한자로 하면, 사어리 사어리락다(士禦離 事禦離樂多)

선비나 관리를 멈추어 떠나네,

직업이나 재능을 멈추어 떠나서, 즐기는 것이 더 좋다.

“어(禦)”; 막을, 멈추다

다른 한자로 하면, 살어리 살어리락다(撒御犁 撒御犁樂多)

밭 갈고 (씨앗) 뿌려서 기르며,

밭 갈고 (씨앗) 뿌려서 기르며, 즐기는 것이 더 좋다

“살(撒)”; 뿌릴   “어(御)”; 다스리다   “리(犁)”; 밭 갈

“락(樂)”; 즐길   “다(多)”; 더 좋다, 낫다, 많을

3. 해금을 혀거를

추가사항(원문; 해금을 혀거를), 청산별곡

한자로 하면, 해금을 현거(絃踞)를,

걸터앉아 해금을 연주하는 것을

"현(絃)"; 줄, 현악기   "거(踞)"; 걸터앉을

다른 한자로 하면,

해금을 허거(噓祛)를, 떨리게 하여 불어 해금을 연주하는 것을

해금을 호거(號祛)를, 떨리게 하여 부르게 하여 해금을 ~

해금을 호거(縞祛)를, 명주실을 떨리게 하여 해금을 ~

해금을 호거(護踞)를, 감싸고 걸터앉아 해금을 ~

"허(噓)"; 불   "거(祛)"; 떨, (재앙을) 떨다, 떨어 없애다   호(號), 부르짖을

"호(縞)"; 명주(명주실로 짠 피륙)   "호(護)"; 도울, 감싸다

"거(踞)"; 걸터앉을

다른 한자로 하면,

해금을 효거(嚆祛)를, 떨리게 하여 울려 해금을 연주하는 것을

해금을 혹거(酷祛)를, 많이 떨리게 하여 해금을 ~

해금을 혹어(酷御)를, 많이 조절하여 해금을 ~

해금을 현거(絃祛)를, 줄을 떨리게 하여 해금을 ~

"효(嚆)"; 울릴, (소리가) 나다   "혹(酷)"; 심할   "어(御)"; 다스리다

"현(絃)"; 줄, 현악기

4. 그치리잇가

추가사항(원문; 그치리잇가), 서경별곡

1) 한자로 표시하고 해석하면, 거치리이익가(據致離以益可)

근거에 도달하여, 떠나는 것으로써 더하여 옳은 일 될까

"거(據)"; 근거   "치(致)"; 이를, 도달하다   "이(離)"; 떠날

"이(以)"; ~써, ~로, ~로 인하여   "익(益"; 더할, 이롭다   "가(可)"; 옳을

2) 다른 한자로 하면, 거치리이익가(拒置離以益可)

막아서 버리고, 떠나는 것으로써 더하여 옳은 일 될까

"거(拒)"; 막을, 거절하다   "치(置)"; 둘, 버리다

"익(益)" 대신에 "익(翊)", "인(引)", "인(因)", "입(入)", "입(立)", 적용 가능함.

"익(翊)"; 도울   "인(引)"; 끌, 이끌다   "인(因)"; 인하다, 말미암다

"입(入)"; 들, 빠지다   "입(立)"; 설

3) 다른 한자로 하면, 거치리이가(據致離而可),

근거에 도달하여, 떠나는 것이 옳은 일 될까

"이(而)"; 말 이을, 말을 잇다

거치리이가(據致離以可), 근거에 도달하여, 떠나는 것으로 옳은 일 될까

"이(以)"; ~써, ~로, ~로 인하여

5. 셔울히 마르는

추가사항(원문; 셔울히 마르는), 서경별곡

1) 한자로 표시하고 해석하면, 서울시 말은(逝鬱恃 抹懇)

떠나가서 우울하여 믿음 지우고 괴로워한다

"서(逝)"; 갈   "울(鬱)"; 우울할   "시(恃)"; 믿을

"말(抹)"; 지울   "은(懇)"; 괴로워할

다른 한자로 하면, 서울시 말은(逝鬱嘶 抹懇)

떠나가서 우울하여 흐느끼며 울음 지우고 괴로워한다

“시(嘶)”; 울, 흐느낄

다른 한자로 하면, 서울시 말은(逝鬱示 抹慇)

떠나가서 우울함 보이는 것 지우고 괴로워한다

“시(示)”; 보일

2) 다른 한자로 하면, 서울치 말은(逝鬱治 抹隱)

떠나가서 우울함 다스려 지우고 숨긴다

“치(治)”; 다스릴　　“은(隱)”; 숨을

다른 한자로 하면, 서울치 말은(逝鬱痴 抹隱)

떠나가서 우울과 어리석음을 지우고 숨긴다

“치(痴)”; 어리석을

다른 한자로 하면, 서울이 말은(逝鬱以 抹隱)

떠나가서 우울함으로써 지우고 숨긴다

“이(以)”; ~써, ~로, ~로 인하여

다른 한자로 하면, 서울이 말은(逝鬱以 襪隱)

떠나가서 우울함으로써 버선이나 허리띠를 숨긴다(외출 때 쓰는 물건을 숨긴다)

“말(襪)”; 버선, 허리띠

다른 한자로 하면, 서울시 말은(逝鬱嘶 沫隱)

떠나가서 우울하여 흐느끼어 울고, 물거품 같은 눈물을 숨긴다

“시(嘶)”; 울, 흐느끼다　　“말(沫)”; 물거품, 흐르는 땀

3) 상기 1), 2) 의 "서(逝)" 대신 "서(棲)"를 적용할 수 있다.

서울시 말은(棲鬱恃 抹慇), 깃들여 살며 우울하여 믿음 지우고 괴로워한다

"서(逝)"; 갈   "서(棲)"; 깃들일, 살다   "울(鬱)"; 우울할

"시(恃)"; 믿을   "말(抹)"; 지울   "은(慇)"; 괴로워할

6. 졈그랄셰라

추가사항(원문; 졈그랄셰라), 정읍사

한자로 하면, 졈그랄셰라 ≫ 졈거랄(占據剌)세라, 근거로 차지하여 어그러질세라

"점(占)"; 점령할, 차지하다   "거(據)"; 근거, 근원   "랄(剌)"; 어그러질

다른 한자로 하면, 졈거랄(占居剌)세라, 차지하여 어그러질세라

"거(居)"; 살, 차지하다

다른 한자로 하면, 졈구랄(占懼剌)세라, 차지하여 어그러지는 것을 두려워할세라

"구(懼)"; 두려워할

7. 즌 대를

추가사항(원문; 즌 대를), 정읍사

한자로 표시하고 해석하면, 준 대랄(樽黛剌),

술잔과 눈썹 먹 그린 여인에 어그러져

"준(樽)"; 술통, 술잔, 술단지

"대(黛)"; 눈썹먹, 눈썹먹으로 그린 눈썹, 여자의 눈썹   "랄(剌)"; 어그러질

8. 후강전(後腔全)져재 ~

추가사항(원문; 후강전(後腔全)져재 녀러신고요), 정읍사

모두 한자로 표시하고 해석하면,

후강전(後腔全) 저재 여어신고요(貯財 閭於侁敲樂),

후에 물건 모두 팔아 비우고, 재물 쌓아 놓고, 마을에서 분주히 걸어 다니며 좋아하는 것을 찾아
두드린다

"후(後)"; 후, 다음　　"강(腔)"; 속이 빌　　"전(全)"; 온전할

"저(貯)"; 쌓을　　"재(財)"; 재물　　"여(閭)"; 마을　　"어(於)"; ~에, ~에서

"신(侁)"; 걷는 모양, 분주히 오가는 모양　　"고(敲)"; 두드릴

"요(樂)"; 좋아할

"요(樂)" 대신 "오(娛)" 적용 가능,

"오(娛)"; 즐길

9. 달하 노피곰 도드샤

추가사항(원문; 달하 노피곰 도드샤), 정읍사

원문은 한글 뜻으로 충분하며, 더하여 한자를 적용하면 뜻이 안에 있다,

다알하 노피고모 도도사(多謁遐 路陂高暮 挑燾使),

(달이여) 먼 길 고개 높고 해 저물어도 다 보이게, 돋우어 비추게 하소서

"다(多)"; 많을　　"알(謁)"; 뵐　　"하(遐)"; 먼　　"노(路)"; 길

"피(陂)"; 고개　　"고(高)"; 높을　　"모(暮)"; 저물, 늦다

"도(挑)"; 돋을, 높아지게 하다　　"도(燾)"; 비추다　　"사(使)"; 시키다

10. 머리곰 비취오시라

추가사항(원문; 머리곰 비취오시라), 정읍사

원문은 한글 뜻으로 충분하며, 더하여 한자를 적용하면 뜻이 안에 있다,

무리고모 비취오시라(毋里皐暮 飛就俉施邏),

마을 언덕이 아니면 해 저물 때 (달빛이) 날아가서 맞이하여 베풀어 순행한다.

"무(毋)"; 아니다, 말　　"리(里)"; 마을　　"고(皐)"; 언덕　　"모(暮)"; 저물, 늦다

"비(飛)"; 날　　"취(就)"; 나아갈　　"오(俉)"; 맞이할

"시(施)"; 베풀　　"라(邏)"; 순행하다, 돌다

　　　　　　　　　　　　　　　　고전시가 신해석

다른 한자로 하면,

무리고모 비취오시라(無里皐暮 飛就俉施邏),

(달이) 마을 언덕에 없으면 해 저물 때, (달이) 날아가서 맞이하여 베풀어 순행한다.

"무(無)"; 없을

다른 한자로 하면,

무리고모 비취오시라(霧里皐暮 飛就俉施邏),

안개 낀 마을 언덕 해 저물 때 (달빛이) 날아가서 맞이하여 베풀어 순행한다.

"무(霧)"; 안개

11. 그 잔 대

추가사항(원문; 그 잔 대), 쌍화점

한자로 표시하고 해석하면, 거 잔대(巨 殘黛), 큰 잔대

"거(巨)"; 클   "잔(殘)"; 남을

"대(黛)"; 눈썹먹, 눈썹먹으로 그린 눈썹, 여자의 눈썹

"잔대(殘黛)"의 뜻; 눈썹먹 그린 후 (그린 눈썹) 남은 것

12. 죠고맛감 삿기 ~

추가사항(원문; 죠고맛감 삿기 광대 네 마리라 호리라), 쌍화점

한자로 표시하고 해석하면, 조고막감 삭기(嘲告莫感 削起),

느끼는 감정이 없네, 비웃으며 알린다, 일어난 일을 줄여 깎는다.

"조(嘲)"; 비웃을, 조롱하다   "고(告)"; 알릴   "막(莫)"; 말, 없을

"감(感)"; 느낄   "삭(削)"; 깎을   "기(起)"; 일어날

다른 한자로 하면, 조고막감 삭기(嘲告莫感 削棄),

느끼는 감정이 없네, 비웃으며 알린다, 줄여 깎거나 버린다.

"기(棄)"; 버릴

(원문; 광대 네 마리라 호리라), 한자로 표시하고 해석하면,

광대 내 말리라 호리라(匡黛 乃 抹履拏 好履拏),

광대가 이에, 붙잡는 것을 지우고, 붙잡는 것을 좋아하네라고 하다.

"광대"는 얼굴에 화장 재료를 바르거나 눈썹을 그린 직업적 예능인

"광(匡)"; 바를　　"대(黛)"; 눈썹먹, 눈썹먹으로 그린 눈썹,

"내(乃)"; 이에　　"말(抹)"; 지울　"리(履)"; 밟을, 행하다

"라(拏)"; 붙잡을　"호(好)"; 좋을

다른 한자로 표시하고 해석하면,

광대 래 막리라 호리라(匡黛 來 莫履拏 呼履拏),

광대가, 붙잡지 아니한 것을, 붙잡았다고 부르네

"래(來)"; 올, 부르다　"막(莫)"; 없을　"호(呼)"; 부를

13. 긔 자리예 나도 ~

추가사항(원문; 긔 자리예 나도 자라 가리라), 쌍화점

원문은 한글 뜻으로 충분하며, 더하여 한자를 적용하면 뜻이 안에 있다,

기 자리예 나도 자라 가리라(其 藉籬曳 懶到 藉羅 暇履羅),

그 울타리 안의 깔개에 홍미가 끌려, 나른해져서 깔개를 벌리려 틈을 내어 가서 깔개를 벌리다.

"기(其)"; 그　　"자(藉)"; 깔, 깔개　"리(籬)"; 울타리　　"예(曳)"; 끌

"라(懶)"; 나른하다　"도(到)"; 이를　"라(羅)"; 벌릴

"가(暇)"; 틈, 틈새　"리(履)"; 밟을, 신다

위의 "나도(懶到)"를 다른 한자로 하면,

기 자리예 나도 자라 가리라(其 藉籬曳 拏到 藉羅 暇履羅),

그 울타리 안의 깔개에 홍미가 끌려, 붙잡아 이르러, 깔개를 벌리려 틈을 내어 가서 깔개를 벌리다.

기 자리예 나도 자라 가리라(其 藉籬曳 拏渡 藉羅 暇履羅),

　　　　　　　　　　　　　　　　　　　　고전시가 신해석

그 울타리 안의 깔개에 흥미가 끌려, 붙잡아 건너가, 깔개를 ~

기 자리에 나도 자라 가리라(其 藉籬曳 拏導 藉羅 暇履羅),

그 울타리 안의 깔개에 흥미가 끌려, 붙잡아 인도되어, 깔개를 ~

"라(拏)"; 붙잡을　　"도(到)"; 이를　　"도(渡)"; 건널　　"도(導)"; 인도할

기 자리에 나도 자라 가리라(其 藉籬曳 拏蹈 藉羅 暇履羅),

그 울타리 안의 깔개에 흥미가 끌려, 붙잡아 밟아서, 깔개를 벌리려 틈을 내어 가서 깔개를 벌리다.

기 자리에 나도 자라 가리라(其 藉籬曳 拏跳 藉羅 暇履羅),

그 울타리 안의 깔개에 흥미가 끌려, 붙잡아 뛰어가, 깔개를 ~

"도(蹈)"; 밟을　　"도(跳)"; 뛸

14. 주여이다

추가사항(원문; 주여이다), 쌍화점

한자로 표시하고 해석하면,

내 손모글 주여이다(綢勵以多), 내 손목을 얽어서 힘쓰므로 포개지다.

"주(綢)"; 얽을　　"여(勵)"; 힘쓸　　"이(以)"; ~써, ~로, ~를 가지고

"다(多)"; 더 좋다, 낫다, 많을, 겹치다, 포개지다.

다른 한자로 하면,

내 손모글 주여이다(綢如以多), 내 손목을 얽은 것 같으므로 포개지다.

"여(如)"; 같을

다른 한자로 하면,

내 손모글 조여이다(操勵以多), 내 손목을 잡아서 힘쓰므로 포개지게 하다.

"조(操)"; 잡을　　"여(勵)"; 힘쓸

내 손모글 두여이자(逗勵以姿), 내 손목에 머물러 힘쓰므로 되는 모양이다.

"두(逗)"; 머무를　　"이(以)"; ~써, ~로, ~를 가지고　　"자(姿)"; 모양, 모습

내 손모글 주여이자(躊勵以姿), 내 손목에 머뭇거려 힘쓰므로 되는 모양이다.

내 손모글 주여이자(駐勵以姿), 내 손목에 머물러 ~

내 손모글 주여이자(走勵以姿), 내 손목에 와서 ~

내 손모글 주여이자(周勵以姿), 내 손목에 두루 ~

내 손모글 도여이자(到勵以姿), 내 손목에 이르러 ~

"주(躊)"; 머뭇거릴　　"주(駐)"; 머무를　　"주(走)"; 달릴

"주(周)"; 두루, 널리　　"도(到)"; 이르다

상기 "여이자(勵以姿)"대신에 "여이다(勵以多)"로 적용 가능하다.

추가사항(원문; 내 손모글), 쌍화점

(원문; 내 손모글), 한자로 표시하고 해석하면,

내 손목우(來 遜穆遇), 와서 겸손하고 화목하게 만나며

"내(來)"; 올　　"손(遜)"; 겸손할　　"목(穆)"; 화목할　　"우(遇)"; 만날

다른 한자로 하면,

내 속목우(來 謖穆遇), 일어나 와서 화목하게 만나며

내 속목우(來 俗穆遇), 관습대로 와서 화목하게 만나며

"속(謖)"; 일어날　　"속(俗)"; 관습, 풍속

다른 한자로 하면,

내 속목우(來 速目遇), 빠르게 와서 눈을 보며

"내(來)"; 올　　"속(速)"; 빠를　　"목(目)"; 눈　　"우(遇)"; 만날

상기 각 해석에 대하여 "우(遇)" 대신 "우(迂)"나 "오(俉)"를 적용할 수 있다.

"우(迂)"; 에돌다   "오(俉)"; 맞이할

에돌다; 곧바로 선뜻 나아가지 아니하고 멀리 피하여 돌다.

(원문; 내 손모글), 다른 한자로 하면,

내 손목알(來 遜穆謁), 와서 겸손하고 화목하게 보이며

"내(來)"; 올   "손(遜)"; 겸손할   "목(穆)"; 화목할   "알(謁)"; 뵐, 알리다

내 손목알(來 巽穆謁), 와서 부드럽고 화목하게 보이며

내 손목알(來 巽目謁), 와서 부드러운 눈으로 보이며

내 손목은(來 巽目殷), 와서 크게 부드러운 눈으로

내 손목응(來 巽目應), 와서 부드러운 눈으로 대답하며

내 손목월(來 巽目越), 와서 부드러운 눈으로 넘어가며

"손(巽)"; 부드러울   "목(目)"; 눈   "은(殷)"; 성할

"응(應)"; 응할, 대답하다   "월(越)"; 넘을

내 손목월(來 遜穆越), 와서 겸손하고 화목하게 넘기며

내 손목일(來 遜穆溢), 와서 겸손하고 화목하게 넘치며

내 손모갈(來 遜貌竭), 와서 겸손한 모양을 다하고

내 손모갈(來 遜眸竭), 와서 겸손하게 자세히 보기를 다하고

"내(來)"; 올   "손(遜)"; 겸손할   "목(穆)"; 화목할

"월(越)"; 넘을   "일(溢)"; 넘칠   "모(貌)"; 모양   "갈(竭)"; 다할

"모(眸)"; 자세히 보다, 눈동자

내 손모갈(來 遜募竭), 와서 겸손함을 모아서 다하고

내 손무갈(來 遜務竭), 와서 겸손함을 힘써서 다하고

내 손무갈(來 遜茂竭), 와서 겸손함을 풍성하게 다하고

내 손무갈(來 遜繆竭), 와서 겸손함을 얽어서 다하고

"모(募)"; 모을　"갈(竭)"; 다할　"무(務)"; 힘쓸

"무(茂)"; 무성할, 풍성하다　"무(繆)"; 얽을　"손(巽)"; 부드러울

상기 각 해석에 대하여 "손(遜)"대신 "손(巽)"을 적용할 수 있다.

15. 깃단

추가사항(원문; 깃단), 이상곡

1) 한자로 표시하고 해석하면, 기익단(汽益湍), 물 끓어 김 나오고, 더하여 급류로 흐르는

"기(汽)"; 물 끓는 김, 증기　"익(益)"; 더할　"단(湍)"; 급류

2) 다른 한자로 하면, 기익담(崎益潭), 험하고, 더하여 깊은 못이 있는

"기(崎)"; 험할　"익(益)"; 더할　"담(潭)"; 못(물이 괸 깊은 곳), 웅덩이

16. 고대셔

추가사항(원문; 고대셔), 이상곡

한자로 표시하고 해석하면, 고대(苦待)서(誓), 몹시 기다려서 맹세한

"고(苦)"; 쓸, 괴로운　"대(待)"; 기다릴　"고대(苦待)"; 몹시 기다림

"서(誓)"; 맹세할

17. 녀젓

추가사항(원문; 녀젓), 이상곡

한자로 표시하고 해석하면, 여적(如跡), 발자취 같은

"여(如)"; 같을　"적(跡)"; 발자취, 자취, 업적

다른 한자로 하면, 여적(勵跡), 힘쓴 자취

"여(勵)"; 힘쓸

18. 비오다가 개야 ~

추가사항(원문; 비오다가 개야 아 눈 하 디신 나래), 이상곡

한자로 표시하고 해석하면,

비오다가 개야(飛鳥多歌 蓋野) 아 운 하 지신 날애(峨 雲 下 地伸 捏厓)

까마귀가 많이 날아 울며 들을 덮고,

높은 구름 아래 땅에 낭떠러지를 반죽하듯 펼치다

"비(飛)"; 날   "오(烏)"; 까마귀   "다(多)"; 많을   "가(歌)"; 노래

"개(蓋)"; 덮을   "야(野)"; 들   "아(峨)"; 높을   "운(雲)"; 구름

"하(下)"; 아래   "지(地)"; 땅   "신(伸)"; 펼   "날(捏)"; 꾸밀, 반죽하다

"애(厓)"; 낭떠러지

19. 조븐 곱도신 길헤

추가사항(원문; 조븐 곱도신 길헤), 이상곡

한자로 표시하고 해석하면,

족은 곡도신 길해(簇垠 谷渡伸 佶垓)

조릿대의 가장자리 같은(좁고 긴), 골짜기 건너는 내뻗은, 솟구쳐 오르는 땅끝에

"족(簇)"; 가는 대, 조릿대   "은(垠)"; 지경, 땅끝, 가장자리

"곡(谷)"; 골, 골짜기   "도(渡)"; 건널   "신(伸)"; 내뻗다, 내밀다, 펴다

"길(佶)"; 솟다, 솟구쳐 오르다   "해(垓)"; 지경(땅의 가장자리, 경계), 땅끝

20. 서린 석석사리

추가사항(원문; 서린 석석사리), 이상곡

한자로 표시하고 해석하면,

서린(犀躪) 석석사리(析石徙履)

무소가 짓밟아 돌 쪼개고 옮겨 걸어가는

"서(犀)"; 무소(코뿔소와 비슷함)   "린(躪)"; 짓밟을   "석(析)"; 쪼갤

"석(石)"; 돌   "사(徙)"; 옮길   "리(履)"; 밟을

21. 자라오리잇가

추가사항(원문; 자라오리잇가), 이상곡

원문은 한글 뜻으로 충분하며, 더하여 한자를 적용하면 뜻이 안에 있다,

자라오리익가(自懶俉履益可),

스스로 나른해져 맞이하러 신발 신고 가는 것이 유익할까.

"자(自)"; 스스로   "라(懶)"; 나른하다   "오(俉)"; 맞이할

"리(履)"; 신다, 밟다, 행하다   "익(益)"; 유익한   "가(可)"; 옳을

다른 한자로 하면, 자라오리익가(自懶吾履益可),

스스로 나른해져 나에게 신발 신고 가는 것이 유익할까.

"오(吾)"; 나

다른 한자로 하면, 자라오리익가(藉羅吾履益可),

깔개를 벌리려 나에게 신발 신고 가는 것이 유익할까.

"자(藉)"; 깔, 깔개   "라(羅)"; 벌릴

다른 한자로 하면, 자라오리익가(自懶悟移益可),

스스로 나른함을 깨달아 옮겨가는 것이 유익할까.

"자(自)"; 스스로   "라(懶)"; 나른하다   "오(悟)"; 깨닫다

"리(移)"; 옮길   "익(益)"; 유익한   "가(可)"; 옳을

다른 한자로 하면, 자라오리익가(自拏悟移益可),

스스로 잡아 깨달아 옮겨가는 것이 유익할까.

"라(拏)"; 붙잡을

22. 내 님 두옵고

추가사항(원문; 내 님 두옵고), 이상곡

원문은 한글 뜻으로 충분하며, 더하여 한자를 적용하면 뜻이 안에 있다,
내 임 두옥고(奈 恁 杜屋苦), 어찌 네가 집에 오는 것 막고 괴로워할까.
"내(奈)"; 어찌   "임(恁)"; 너   "두(杜)"; 막을
"옥(屋)"; 집   "고(苦)"; 쓸

다른 한자로 하면,
내 임 두압고(奈 恁 杜壓苦), 어찌 너를 막고 억압하고 괴롭힐까.
"압(壓)"; 누를, 억압할

다른 한자로 하면,
내 임 두압고(奈 恁 杜押苦), 어찌 너를 막고 누르고 괴롭힐까.
"압(押)"; 누를, 억지로 누르다

다른 한자로 하면,
내 임 두압고(奈 恁 杜狎苦), 어찌 너를 막고 업신여기고 괴롭힐까.
"압(狎)"; 업신여기다, 익숙할

23. 아소 님하

추가사항(원문; 아소 님하), 이상곡
원문은 한글 뜻으로 충분하며, 더하여 한자를 적용하면 뜻이 안에 있다,
아소 임하(我訴恁遐), 네가 멀리하는 것을 내가 호소한다.
"아(我)"; 나   "소(訴)"; 호소할, 하소연하다   "임(恁)"; 생각할, 너
"하(遐)"; (거리가) 멀, 멀리하다

다른 한자로 하면, 아소 임하(我訴恁瑕), 네가 허물 있는 것을 내가 호소한다.
"하(瑕)"; 허물

다른 한자로 하면, 아소 임하(訝訴恁瑕), 네가 허물 있는 것을 의심하고 호소한다.
"아(訝)"; 의심할

(사모곡의 '아소 님하' 구절의 해석도 위와 같음)

24. 가시리

추가사항(원문; 가시리 전체), 가시리

가시리 가시리잇고 나난
바리고 가시리잇고 나난
위 증즐가 대평셩대

날러는 엇디 살라하고
바리고 가시리잇고 나난
위 증즐가 대평셩대

잡사와 두어리마나난
선하면 아니올셰라
위 증즐가 대평셩대

셀온님 보내옵노니 나난
가시난 닷 도셔 오쇼셔 나난
위 증즐가 대평셩대

원문은 한글 뜻으로 충분하며, 더하여 한자를 적용하면 뜻이 안에 있다,
1) 원문, 1연; 가시리 가시리잇고 나난, 한자로 하여 해석하면,
가시리 가시리잇고 나난(稼蒔犁 稼蒔犁盍雇 那難)

밭 갈고, 모종 내고, 곡식 심고,

밭 갈고, 모종 내고, 곡식 심고, 더하여 품팔고, 어찌 어려운가.

또는,

농사 일 하고, 농사 일 하고, 더하여 품팔고, 어찌 어려운가.

"가(稼)"; 곡식 심을   "시(蒔)"; 모종 낼   "리(犁)"; 밭 갈

"익(益)"; 더할   "고(雇)"; 품팔(대가를 받고 일하다)

"나(那)"; 어찌   "난(難)"; 어려울, 꺼리다

2) 원문, 1연; 바리고 가시리잇고 나난, 한자로 하면,

파리고 가시리익고 나난(罷履雇 稼蒔犁匿尻 那難)

품팔이 일 마치고,

꽁무니 숨기고(먼 곳 가서 ≫ 당분간 이별), 농사 일 하네, 어찌 어려운가.

"파(罷)"; 마칠   "리(履)"; 밟을, 행하다   "익(匿)"; 숨길

"고(尻)"; 꽁무니, 엉덩이

다른 한자로 하면,

파리고 가시리익고 나난(播履雇 稼蒔犁匿尻 那難)

품팔이 일 하고 달아나서,

꽁무니 숨기고(먼 곳 가서 ≫ 당분간 이별), 농사 일 하네, 어찌 어려운가.

"파(播)"; 뿌릴, 버리다, 달아나다

원문, 1연; 위 증즐가 대평성대(謂 贈櫛嫁 大平盛代)

머리빗 주고 시집가라고 일컬으니, 많은 백성이 고르게 번성하는 시대네.

(앞 '전체부'에서 해석됨, '대평성대' 한자표기는 원문에서 비롯함)

3) 원문, 2연; 날러는 엇디 살라하고, 한자로 하면,

날어은 억지 살라하고(捏御殷 抑至 撒羅瑕稿)

체를 치고 뿌려 (곡물가루에서) 티나 볏짚을 거르고,

가루를 반죽하여 눌러, 음식을 많이 만들어 먹네.

"날(捏)"; 반죽할   "어(御)"; 거느릴   "은(殷)"; 많을   "억(抑)"; 누를

"지(至)"; 이를   "살(撒)"; 뿌릴   "라(羅)"; 체(가루를 곱게 치다)

"하(瑕)"; 티(조그마한 흠, 작은 부스러기)   "고(稿)"; 볏짚

4) 원문, 3연; 잡사와 두어리마나난, 한자로 하면,

작사와 두어리마나난(酌篩瓦 逗御離瘄拏難)

(술 담근) 질그릇에서 체로 걸러 술을 잔에 부어 주며,

머물러 떠나지 않게 마비시켜 붙잡기를 꺼리네.

"작(酌)"; 술 부을   "사(篩)"; 체(액체를 거르는 데 쓰는 기구)

"와(瓦)"; 질그릇   "두(逗)"; 머무를   "어(御)"; 다스릴   "리(離)"; 떠날

"마(瘄)"; 저릴, 마비되다   "나(拏)"; 붙잡을   "난(難)"; 어려울

다른 한자로 하면,

작사와 두어리만나난(酌篩瓦 逗御離曼拏難)

(술 담근) 질그릇에서 체로 걸러 술을 잔에 부어 주며,

머물러 떠나는 것을 길게 끌어 붙잡기를 꺼리네.

"만(曼)"; 길게 끌

5) 원문, 3연; 선하면 아니올셰라, 한자로 하면,

선하면 아닐알셰라(宣遐勉 訝尼閼說拏)

힘써서 멀게 대하면, 가로막아 달래서 붙잡지 않을 것 같네.

"선(宣)"; 베풀   "하(遐)"; 멀   "면(勉)"; 힘쓸   "아(訝)"; 의심할

"닐(尼)"; 말릴   "알(閼)"; 가로막을   "세(說)"; 달랠   "라(拏)"; 잡을

다른 한자로 하면,

    고전시가 신해석

선하면 아닐알셰라(宣瑕勉 訝尼闕說拏)

힘써서 허물을 베풀면(보이면), 가로막아 달래서 붙잡지 않을 것 같네.

"하(瑕)"; 허물, 띠

다른 한자로 하면,

선하면 아닐알셰라(宣荷勉 訝尼闕說拏)

힘써서 책망을 베풀면(하면), 가로막아 달래서 붙잡지 않을 것 같네.

"하(荷)"; 꾸짖을, 멜, 부담하다

6) 원문, 4연; 셀온님 보내옵노니 나난, 한자로 하면,

설온임 보내압노이 나난(設穩恁 補來壓努以 那難)

편안한 님 오는 것을 힘써 막아 도우므로(보낸다), 어찌 꺼리나.

"설(設)"; 베풀   "온(穩)"; 편안할   "임(恁)"; 생각할, 너

"보(補)"; 도울   "내(來)"; 올   "압(壓)"; 누를, 가로막을

"노(努)"; 힘쓸   "이(以)"; ~써, ~로, ~로 인하여

"나(那)"; 어찌   "난(難)"; 어려울, 꺼리다

다른 한자로 하면,

설온임 보내압노니 나난(設瘟恁 補來壓努以 那難)

괴로워할 님 오는 것을 힘써 막아 도우므로(보낸다), 어찌 꺼리나.

"온(瘟)"; 괴로워할, 돌림병, 염병

7) 원문, 4연; 가시난 닷 도셔 오쇼셔 나난, 한자로 하면,

가시난 단 도서 오소서 나난(稼蒔難 彖 渡逝 俉召棲 那難)

곡식 심고 모종 내는 일(농사)이 어려울 것으로 판단되면 건너가서,

(나를) 맞이하여 불러 살아가세, 어찌 꺼리나.

"가(稼)"; 곡식 심을   "시(蒔)"; 모종 낼   "난(難)"; 어려울, 꺼리다

"단(彖)"; 판단할   "도(渡)"; 건널   "서(逝)"; 갈

"오(俉)"; 맞이할   "소(召)"; 부를   "서(棲)"; 깃들일

"나(那)"; 어찌   "난(難)"; 어려울, 꺼리다

다른 한자로 하면,

가시난 당 도서 오소서 나난(稼蒔難 當 渡逝 俉蘇棲 那難)

곡식 심고 모종 내는 일(농사)이 어려울 것으로 생각되면 건너가서,

(나를) 맞이하여 되살아나 살아가세, 어찌 꺼리나.

"당(當)"; 마땅할   "소(蘇)"; 되살아날

"단(彖)"; 판단할   "도(渡)"; 건널   "서(逝)"; 갈

고전시가 신해석

희귀 한자와 한글 고어 색인

(희귀 한자는 본문에 활자 인쇄가 곤란한 경우에, 예를 들면, 본문에 아래와 같이 '한1'로 표시하고, 이곳에 그 한자를 표시함, 그 옆 숫자는 '전체부' 본문의 차례)

국(한1);(菊),10 　　대(한2);(黛),4,11

(고어는 본문에 활자 인쇄 곤란한 경우, 현대어로 표현, 아래에 '가나다' 순서 배열; 숫자는 '전체부' 본문의 차례)

고외(괴),3, 　　　어긔(기)야,4 　　　긔(기)약,12
나논(나난),3,5,13, 　　놀(날)히어신,6 　　호놀(날),7
닐(닐)리리야,8 　　깃돈(단),12 　　닷곤디(대),3

내 가논 디(대),4 　　그 잔 디(대)가,11 　　한디(대) 녀졋,12
드디(대)욜셰라,4 　　즌 디롤(대를),4 　　가고신던(댄),11
덦(덤ㅅ)거츠니,11 　　디신 둘(들),3 　　마르 논(라난),6

졈그롤(랄)셰라,4 　　넌 뫼롤(를),12 　　곰비(배),7
림비(배),7 　　　수시수(사시사),10 　　어스와(어사와),10
나ᅀᅡ(서)라,7 　　사스미(사슴이),2 　　긴히쓴(쓰던),3

싀여딜(쓰여질),12 　　잠짜(ㅅ다)간,12 　　어싀(이)이신,6
받즙(잡)고,7 　　짆대(짐ㅅ대),2 　　퓌(피)거시아,13
여히ᅌᅡ(해아)와지이다,13

고전시가 신해석

(한글 고어는 가능한 현대어로 표시하지만, 교육용 표준으로는 교과서를 따르기 바람, 아래 **굵은 글자**로 표시한 구절은 뜻이 불명확하여 본문에서 새롭게 해석함, 가는 글자로 표시한 것은 기존 해석이 있으므로 인터넷 검색하여 참고 바람)

1. 청산별곡

1연; **살어리 살어리랏다** 청산애 **살어리랏다**

멀위랑 다래랑 먹고 청산애 **살어리랏다**

얄리얄리 얄랑셩 얄라리 얄라

3연; 가던 **새** 가던 **새** 본다 믈 아래 가던 **새** 본다

잉무든 장글란 가지고 믈 아래 가던 **새** 본다

얄리얄리 얄라셩 얄라리 얄라

7연; 가다가 가다가 드로라 **에졍지** 가다가 드로라

사슴이 짐ㅅ대예 올아셔 해금을 혀거를 드로라

얄리얄리 얄라셩 얄라리 얄라

2. 서경별곡

1연; 서경이 **아즐가** 서경이 **셔울히 마르는**

위 두어렁셩 두어렁셩 다링디리

닷곤대 아즐가 닷곤대 쇼셩경 괴마른

위 두어렁셩 두어렁셩 다링디리

3연; 구스리 **아즐가** 구스리 **바회예 디신들**

위 두어렁셩 두어렁셩 다링디리

긴히ㅅ던 아즐가 긴힛ㅅ던 그치리잇가 나난

위 두어렁셩 두어렁셩 다링디리

4연; 네 가시 **아즐가** 네 가시 **럼난디** 몰라셔

위 두어렁셩 두어렁셩 다링디리

3. 정읍사, 전체

달하 노피곰 도드샤

어긔야 머리곰 비춰오시라

어긔야 어강됴리 아으 다롱디리

후강전(後腔全)져재 녀러신고요

어긔야 즌 대를 드대욜셰라

어긔야 어강됴리

어느이다 노코시라

어긔야 내 가논 대 졈그랄셰라

어긔야 어강됴리 아으 다롱디리

4. 가시리, 1연

가시리 가시리잇고 **나난**

바리고 가시리잇고 **나난**

위 증즐가 대평셩대

5\. 사모곡, 전체

호미도 **날히어신 마라난**

날가티 들리도 없세라

아바님도 **어이이신 마라난**

위 덩더둥셩

어마님 가티 괴시리 업세라

아소 님하 어마님 가티

괴시리 업세라

6\. 동동, 1연

덕(德)으란 **곰배**에 **받잡고**

복(福)으란 **림배**에 **받잡고**

덕이여 복이라 **호날**

나서라 오소이다

아으 동동(動動)다리

7\. 어부사시사, 춘사 1연

압 개예 안개 것고 뒷 뫼희 해 비췬다

배 떠라 배 떠라

밤믈은 거의 디고 낫믈이 미러온다

지국총(至匊悤) 지국총(至匊悤) 어사와(於思臥)

강촌 온갖 고지 먼 빗치 더옥 됴타

8\. 쌍화점, 1연

쌍화뎜에 쌍화 사러 **가고신댄**

휘휘(回回; 회회)아비 내 손모글 **주여이다**

이 말삼미 이 뎜(店; 점) 밧긔 나명 들명

다로러거디러

죠고맛감 샷기 광대 네 마리라 호리라

더러둥셩 다리러디러 다리러디러

다로러거디러 다로러

긔 자리예 나도 자라 가리라

위 위 다로러거디러 다로러

그 잔 대가티 덤ㅅ거츠니 업다

9. 이상곡, 전체

비오다가 개야 아 눈 하 디신 나래

서린 석석사리 조븐 곱도신 길헤

다롱디우셔 마득사리 마득너즈세 너우지

잠ㅅ다간 내 니믈 너겨

깃단 열명 길헤 자라오리잇가

죵죵벽력(霹靂) **아** 생함타무간(生陷墮無間)

고대셔 싀여딜 내 모미

죵죵벽력(霹靂) **아** 생함타무간(生陷墮無間)

고대셔 싀여딜 내 모미

내 님 두옵고 년 뫼를 거로리

이러쳐 뎌러쳐

이러쳐 뎌러쳐 긔약(期約)이잇가

아소 님하 한대 녀졋 긔약(期約)이이다

10. 정석가, 2연

삭삭기 셰몰애 별헤 나난

삭삭기 셰몰애 별헤 나난

구은 밤 닷 되를 심고이다.

그 바미 우미 도다 삭나거시아

그 바미 우미 도다 삭나거시아

유덕(有德)하신 님믈 **여해아와지이다.**

3연;

옥으로 련ㅅ고즐 사교이다

옥으로 련ㅅ고즐 사교이다

바회 우희 접듀(接柱;접주)하요이다

그 고지 **삼동(三同)이 퓌거시아**

그 고지 **삼동(三同)이 퓌거시아**

유덕(有德)하신 님 **여해아와지이다.**

11. 아리랑

아리랑 아리랑 아라리요,

쓰리랑 쓰리랑 쓰라리요

아리 아리 동동,

쓰리 쓰리 동동

고전시가 신해석

부제목: 고전가요나 널리 쓰이는 말 중
뜻이 불명확한 단어나 구절 해석

ⓒ 유연덕, 2025

초판 1쇄 발행 2025년 4월 28일

지은이   유연덕
펴낸이   이기봉
편집   좋은땅 편집팀
펴낸곳   도서출판 좋은땅
주소   서울특별시 마포구 양화로12길 26 지월드빌딩 (서교동 395-7)
전화   02)374-8616~7
팩스   02)374-8614
이메일   gworldbook@naver.com
홈페이지 www.g-world.co.kr

ISBN   979-11-388-4224-2 (03810)